Os trinta e nove degraus

Coleção policial

Álvaro Cardoso Gomes
As joias da coroa

John Buchan
Os trinta e nove degraus

John Buchan

Os trinta e nove degraus

Tradução de
Tiago Novaes Lima

TORÐSILHAS

Copyright desta edição © 2011 by Tordesilhas

Todos os direitos reservados. Nenhuma parte desta edição pode
ser utilizada ou reproduzida – em qualquer meio ou forma, seja
mecânico ou eletrônico –, nem apropriada ou estocada em sistema
de banco de dados, sem a expressa autorização da editora.

O texto deste livro foi fixado conforme o acordo ortográfico
vigente no Brasil desde 1º de janeiro de 2009.

TÍTULO ORIGINAL *The thirty-nine steps*
EDIÇÃO UTILIZADA NESTA TRADUÇÃO John Buchan, *The thirty-nine
steps*, Cirencester, CRW Publishing, 2008 (Collector's Library)
INDICAÇÃO EDITORIAL Tiago Novaes Lima
REVISÃO Otacílio Nunes, Beatriz de Freitas Moreira e Valquíria Della Pozza
CAPA E PROJETO GRÁFICO Kiko Farkas e Thiago Lacaz/Máquina Estúdio

1ª edição, 2011

Dados Internacionais de Catalogação na Publicação (CIP)
(Câmara Brasileira do Livro, SP, Brasil)

Buchan, John, 1875-1940.
     Os trinta e nove degraus / John Buchan ; tradução de Tiago Novaes. --
São Paulo : Tordesilhas, 2011.

     Título original: Thirty-nine steps.

     ISBN 978-85-64406-06-3

     1. Ficção inglesa I. Título.

11-02508   CDD-823

Índice para catálogo sistemático:
1. Ficção : Literatura inglesa   823

2011
Tordesilhas é um selo da Alaúde Editorial Ltda.
Rua Hildebrando Thomaz de Carvalho, 60
04012-120 – São Paulo – SP
www.tordesilhaslivros.com.br

Sumário

UM   O homem que morreu   9

DOIS   O leiteiro parte em sua viagem   25

TRÊS   A aventura do hospedeiro literato   33

QUATRO   A aventura do candidato radical   49

CINCO   A aventura do cantoneiro de óculos   63

SEIS   A aventura do arqueólogo calvo   75

SETE   O pescador isca   95

OITO   A chegada da Pedra Negra   109

NOVE   Os trinta e nove degraus   119

DEZ   Vários grupos se aproximando no mar   129

Sobre o autor e o tradutor   149

Os trinta e nove degraus

UM
O homem que morreu

Retornei da City por volta das três horas naquela tarde de maio, bastante insatisfeito com a vida. Fazia três meses que estava na Inglaterra e já me sentia enfastiado. Se alguém me dissesse um ano antes que estaria me sentindo assim, eu riria do sujeito; mas aquela era a verdade. O clima me deixava irritado, a conversa do inglês comum me deixava doente, não conseguia me exercitar o bastante, e os atrativos de Londres me pareciam tão insossos quanto uma soda que ficara debaixo do sol. "Richard Hannay", prosseguia dizendo a mim mesmo, "você caiu na vala errada, meu caro, e é melhor que pule fora."

Eu ficava muito irritado ao pensar nos planos que estivera arquitetando durante os últimos anos em Bulawayo. Ganhar dinheiro — não uma fortuna, mas o suficiente; e imaginara todas as maneiras de me divertir. Meu pai me tirara da Escócia quando eu tinha seis anos, e desde então eu não voltara para casa; a Inglaterra era portanto uma espécie de *Mil e uma noites* para mim, e esperava me acomodar por lá pelo resto dos meus dias.

Mas desde o princípio fiquei desapontado. Após uma semana, estava cansado de visitar as atrações turísticas, e em menos de um mês já me fartara de restaurantes, teatros e corridas de cavalos. Não tinha nenhum amigo de verdade para me fazer companhia, o que deve explicar muita coisa. Muitas pessoas me convidavam para visitá-las, mas não pareciam muito interessadas em mim. Atiravam-me uma ou duas perguntas sobre a África do Sul, e prosseguiam com seus próprios afazeres. Uma porção de senhoras imperialistas me convidava para tomar chá, e conhecer professores da Nova Zelândia e editores de Vancouver, e isso era o mais deprimente. Ali estava eu, trinta e sete anos de idade, firme e forte, com dinheiro suficiente para passar muito bem, bocejando até não poder mais o dia todo. Estava prestes a me aprontar e retornar para a savana, pois era o sujeito mais entediado do Reino Unido.

Naquela tarde, enervara meus corretores sobre investimentos para me ocupar com alguma coisa, e no caminho de casa fui até o meu clube — um bar, mais especificamente, que acolhia membros da colônia. Tomei um drinque no copo alto, e li os jornais da noite. Estavam repletos de notícias sobre a briga no Oriente Próximo e havia um artigo sobre Karolides, o premiê grego. Admirava bastante o sujeito. Pelo que se ouvia, ele parecia ser o homem que dava as cartas; e fazia um jogo limpo, inclusive, o que era mais do que se poderia dizer da maioria. Soube que o odiavam bastante em Berlim e em Viena, mas que continuaríamos a apoiá-lo, e um jornal afirmava que ele era a única barreira entre a Europa e o Armagedon. Lembro de cogitar se seria capaz de arranjar um trabalho naquela região. Ocorreu-me que a Albânia era o tipo de país que impedia um homem de bocejar.

Por volta das seis horas retornei para casa, arrumei-me, jantei no Café Royal e rumei para um teatro de variedades. O show era bobo: consistia em mulheres dando cambalhotas e homens com cara de macaco, e não me demorei ali. A noite estava agradável e sem nuvens, enquanto caminhava de volta ao apartamento que aluguei perto de Portland Place.

A multidão cruzava meu caminho na calçada, agitada e tagarelante, e invejei as pessoas por terem algo que fazer. Aqueles lojistas, secretários, almofadinhas e guardas tinham um interesse na vida que os fazia avançar. Doei meia coroa para um mendigo, por tê-lo visto bocejar; ele sofria como eu. Em Oxford Circus, ergui os olhos para o céu da primavera e fiz uma jura. Concederia mais um dia à Inglaterra para que me incluísse em algo; se nada acontecesse, tomaria o próximo barco para a província do Cabo.

Meu apartamento ficava no primeiro andar de um edifício novo atrás de Langham Place. Havia uma escadaria comum, com um porteiro e um ascensorista na entrada, mas não havia restaurantes ou coisas desse tipo, e os apartamentos eram bastante isolados uns dos outros. Odeio compartilhar o espaço com empregados, e portanto providenciei para que um rapaz cuidasse das tarefas de casa durante o dia. Ele chegava antes das oito toda manhã, e costumava sair às sete, pois eu nunca jantava em casa.

Estava quase inserindo a chave na porta quando notei que havia um homem atrás de mim. Não o vira se aproximar, e a aparição repentina fez com que me detivesse. Era um homem esguio, barba curta e castanha, e miúdos e afiados olhos azuis. Reconheci-o como sendo o morador de um apartamento do último andar, com quem cruzara nas escadas durante o dia.

"Posso falar com você?", perguntou. "Posso entrar um minuto?" Era com dificuldade que tentava firmar a voz, e sua mão tocava meu braço.

Abri a porta e conduzi-o para dentro. Logo após atravessar o umbral, correu até o quarto dos fundos, onde eu costumava fumar e escrever cartas. Em seguida, correu de volta.

"A porta está trancada?", perguntou, enérgico, e passou ele mesmo a corrente. "Sinto muito", disse com humildade. "É uma enorme petulância, mas você parecia o tipo de homem que poderia entender. Tinha você em mente esta semana inteira, quando as coisas se complicaram. Diga, você pode me ajudar?"

"Posso escutar o que tem a dizer", respondi. "É tudo o que prometo." Estava ficando preocupado com os gracejos daquele sujeitinho agitado.

Havia uma bandeja de bebidas sobre uma mesa ao lado dele, de onde se serviu de uísque com um pouco de soda. Bebeu-o em três goles, e rachou o copo ao pousá-lo de volta.

"Perdão", desculpou-se. "Estou um pouco abalado esta noite. Sabe, neste momento eu já estou morto."

Sentei-me em uma poltrona e acendi meu cachimbo.

"E qual é a sensação?", inquiri. Estava convencido de que teria de lidar com um lunático.

Um sorriso se esboçou em seu rosto cansado. "Eu não estou louco — ainda. Diga, senhor, estive a observá-lo, e creio que seja um indivíduo calmo. Creio, também, que seja um homem honesto, e que não teme apostar alto. Confiarei em você. Preciso de ajuda, mais do que qualquer um já precisou, e quero saber se posso contar com sua participação."

"Prossiga com sua história", atestei, "e digo se pode."

Ele pareceu se preparar para um grande esforço, e então deu início ao mais esquisito dos palavrórios. A princípio não pude acompanhá-lo, e tive de interrompê-lo para fazer algumas perguntas. Eis o que interessa:

Ele era um norte-americano de Kentucky, e após a faculdade, sendo bastante rico, partiu para conhecer o mundo. Escreveu um tanto, e atuou como correspondente de guerra para um jornal de Chicago, vivendo assim um ou dois anos no sudeste da Europa. Fiquei sabendo que ele era um ótimo linguista, e que passou a conhecer muito bem a sociedade naquelas bandas. Falava com familiaridade sobre muitos nomes que me lembro de ter visto nos jornais.

Envolveu-se com política, disse-me, primeiro pelo interesse de terceiros, e depois porque não pôde se furtar a isso. Tomei-o por um camarada astucioso e inquieto, sempre desejoso de descer à raiz das coisas. E acabou descendo um pouco mais do que queria.

Digo o que ele me disse e o que pude compreender. Por trás de todos os governos e exércitos havia um grande movimento subterrâneo em ação, arquitetado por pessoas muito perigosas. Ele se deu conta disso acidentalmente; isso o fascinou; ele foi além, e então foi descoberto. Inferi que a maioria das pessoas envolvidas era do tipo de anarquistas instruídos que faziam as revoluções, mas que, além deles, havia financistas que atuavam por dinheiro. Um homem esperto pode lucrar muito com a bancarrota de mercados, e convinha a ambas as classes pôr a Europa em conflito.

Ele me contou algumas coisas muito estranhas que explicavam muito do que me causava perplexidade — coisas que ocorreram na Guerra dos Bálcãs, como uma das nações subitamente se destacou, por que alianças foram feitas e rompidas, por que certos homens desapareceram e de onde vinha o dinheiro que financiava a guerra. O propósito de toda aquela conspiração era pôr a Rússia e a Alemanha em desacordo.

Quando perguntei o porquê, ele respondeu que o grupo anarquista pensava que isso lhe daria a oportunidade que buscavam. Tudo seria incerto, e a eles pareceria o surgimento de um novo mundo. Os capitalistas ganhariam muita grana, e lucrariam uma fortuna ao arrematarem os destroços. O capital, disse-me ele, não possuía consciência nem pátria. Ademais, os judeus estavam por trás disso, e os judeus odiavam a Rússia mais que tudo.

"Consegue imaginar?", exclamou. "Por trezentos anos eles foram perseguidos, e esta será a revanche pelos *po-*

groms. Os judeus estão por toda parte, mas é preciso se infiltrar profundamente para encontrá-los. Tome qualquer grande negócio alemão. Se tiver questões comerciais a tratar, o primeiro homem que encontrará será o príncipe *von und zu* Qualquer Coisa, um jovem elegante que versará um idioma inglês aristocrático. Mas este não lhe servirá de nada. Se a sua negociação for importante, você passará por ele e encontrará um westfaliano de maxilar proeminente, sobrancelhas contraídas e os modos de um porco. Ele será o empresário alemão que lhe entregará os documentos em inglês e lhe apertará as mãos. Mas, se estiver metido na maior das transações e destinado a encontrar o verdadeiro mandachuva, é quase certo que será levado a um judeuzinho pálido em uma cadeira de rodas, com os olhos de uma cascavel. Sim, senhor, é este o homem que está governando o mundo neste momento, e ele está com a mira apontada para o império do czar, pois sua tia foi ultrajada e seu pai, açoitado em algum fim de mundo às margens do Volga."

Não pude deixar de comentar que os judeus anarquistas de que falava haviam sido deixados um pouco de escanteio.

"Sim e não", respondeu ele. "Eles prosperaram até certo ponto, mas conquistaram algo maior que o dinheiro, algo que não poderia ser comprado, os antigos e naturais instintos combativos do homem. Se estiver prestes a morrer, você criará uma bandeira ou uma nação para defender, e, caso sobreviva, você vai amar aquilo. Aqueles soldados, tolos endemoniados, encontraram algo que lhes era caro, e isso arruinou o belo plano estipulado em Berlim e em Viena. Mas meus amigos estão longe de lançar mão de suá última carta. Estão com o ás nas mangas, e, a não ser que eu consiga me manter vivo durante o próximo mês, eles irão utilizá-la para triunfar."

"Mas pensei que você estivesse morto", retruquei.

"*Mors janua vitae*", sorriu.* (Reconheci a citação: era praticamente todo o latim que conhecia.) "Chegarei a isso, mas preciso pô-lo a par de um bocado de coisas primeiro. Se você lê os jornais, suponho que identifique o nome de Constantine Karolides."

Surpreendi-me com aquilo, porque lera sobre ele naquela mesma tarde.

"Ele é o sujeito que arruinou todas as jogadas deles. É a única grande figura de toda a trama, e, além disso, é um homem honesto. Por essa razão foi acossado nos últimos doze meses. Foi o que eu descobri — e não foi grande coisa, pois qualquer tolo chegaria a essa conclusão. Mas tive conhecimento do modo como iriam apanhá-lo, e esta informação era fatal. É por isso que eu precisei morrer."

Ele tomou outro drinque, que eu mesmo servi, pois estava ficando interessado no pobre coitado.

"Eles não podem apanhá-lo em sua própria terra, pois ele possui uma guarda de epirotas que escalpelariam até as próprias avós. Mas no dia 15 de junho ele virá a esta cidade. O Ministério das Relações Exteriores inglês oferecerá recepções internacionais, e a maior delas ocorrerá nessa data. Karolides é aguardado como o convidado principal, e, se meus amigos não forem impedidos, ele jamais retornará aos seus admiráveis conterrâneos."

"A solução é simples", disse eu. "Você poderia alertá-lo e mantê-lo em casa."

"E jogar o jogo do inimigo?", perguntou-me de forma contundente. "Se ele não vier, eles triunfarão, pois é a única pes-

---

* *Mors janua vitae*: latim para "A morte é o umbral da vida [eterna]." (N. T.)

soa que poderia desfazer esse emaranhado. E, se o governo dele for alertado, ele não virá, pois desconhece tudo o que está em jogo no dia 15 de junho."

"E o governo britânico?", retruquei. "Eles não permitirão que seus convidados sejam executados. Avise a eles, e tomarão as devidas precauções."

"Não adiantaria. Eles podem entupir a cidade com detetives à paisana, e duplicar o contingente policial, e Constantine ainda será um homem condenado. Meus amigos não estão para brincadeiras. Querem uma grande oportunidade para decolar, no momento em que os olhos de toda a Europa estiverem voltados para isso. Ele será morto por um austríaco, e haverá uma abundância de pistas para mostrar a conivência dos poderosos em Viena e em Berlim. Será tudo uma mentira infernal, é claro, mas o caso parecerá obscuro o suficiente para o mundo. Não estou de conversa-fiada, meu amigo. Acontece que sei todos os detalhes destse plano diabólico, e posso dizer que será o mais acabado e ardiloso ato de perversidade desde os Bórgia. Mas ele não virá à luz se houver alguém vivo que conheça as engrenagens do negócio aqui em Londres no dia 15 de junho. E este homem será o seu humilde servo, Franklin P. Scudder."

Estava começando a gostar do sujeito. Sua mandíbula se fechou como uma ratoeira, e havia o fogo da batalha em seus olhos afiados. Se estivesse desfiando uma mentira, representava muito bem.

"Onde descobriu essa história?", perguntei.

"A primeira alusão, recebi em uma hospedaria em Achensee, no Tirol. Aquilo me fez investigar, e reuni as outras pistas em uma loja de peles no bairro galego de Buda, em um Clube de Estrangeiros em Viena, e em uma pequena livraria da Racknitzstrasse, em Leipzig. Completei o quadro há dez dias em Paris. Não posso lhe contar os detalhes agora, pois é uma história e tanto. Quando me convenci por completo, decidi desaparecer, e cheguei a esta cidade por um itinerário bem incomum. Saí de Paris disfarçado de um jovem almofadinha franco-americano, e zarpei de Hamburgo como um judeu vendedor de diamantes. Na Noruega, eu era um inglês, estudando Ibsen e reunindo material para minhas palestras, mas, quando finalmente deixei Bergen, era um cineasta de filmes especiais sobre esqui. Cheguei até aqui a partir de Leith com quantidade suficiente de propostas no bolso sobre o comércio de polpa de madeira para apresentar aos jornais londrinos. Até ontem, pensei ter apagado um pouco o meu rastro, e me sentia bastante contente. Mas então..."

A lembrança parece tê-lo chateado, e ele tomou outro gole de uísque.

"Mas então eu vi um homem postado na rua, em frente a este prédio. Costumava me fechar no quarto durante todo o dia, e escapulia depois de escurecer, por uma hora ou duas. Eu o observei um pouco pela janela, e pensei conhecê-lo... Ele se aproximou e conversou com o porteiro... Quando retornei da minha caminhada ontem à noite, encontrei um cartão na minha caixa de correio. Ele trazia o nome do homem que eu menos desejava encontrar na minha vida."

Penso que o olhar de meu companheiro e a pura nudez do medo estampado em seu rosto me certificaram de sua honestidade. Minha própria voz se tornou mais aguda quando lhe perguntei o que ele fez em seguida.

"Percebi que estava tão encurralado quanto um arenque em conserva, e que havia apenas uma saída. Eu precisava morrer. Se meus perseguidores soubessem que eu estava morto, eles se aquietariam."

"E como fez isso?"

"Disse ao camareiro que estava me sentindo muito mal, e me aprontei de modo a parecer um moribundo. Não foi difícil — sei bastante sobre disfarces. Em seguida providenciei um corpo. É sempre possível arranjar um cadáver em Londres se souber onde procurar. Trouxe-o para casa em um baú de viagem, em cima de um coche, e tive de pedir ajuda ao subir as escadas até o quarto. Veja, eu precisava reunir algumas provas para a investigação. Fui para a cama, e pedi ao homem que me preparasse um soporífero, e em seguida mandei que se retirasse. Ele quis trazer um médico, mas pestanejei um tanto e afirmei que não suportava sanguessugas. Quando fui deixado sozinho, comecei a arrumar aquele cadáver. Era da minha estatura, e julguei que havia morrido por beber demais, de modo que espalhei algumas garrafas pelo lugar. O queixo era o que menos se assemelhava a mim, portanto o destruí com um revólver. Aposto como haverá alguém amanhã que vai jurar que ouviu um disparo, mas não há vizinhos no meu andar, de modo que julguei que poderia arriscar. Assim, deixei o corpo sobre o leito, vestido com o meu pijama, um revólver sobre o lençol e uma bagunça considerável em redor. Em seguida apanhei uma muda de roupa que guardava para emergências. Não me atrevi a me barbear, com medo de deixar pistas, e, além disso, não era algo que me ajudaria a fugir. Tinha-o em mente o dia todo, e não havia o que fazer senão apelar para você. Espreitei através da janela, até vê-lo chegar em casa, e desci as escadas em silêncio para encontrá-lo... Aí está, senhor, suponho que saiba quase tanto quanto eu sobre esse assunto."

Ele se mantinha sentado, piscando como uma coruja, tremendo de nervoso, e, ainda assim, desesperadamente determinado. A esta altura eu estava convencido de que fora franco comigo. Era uma história das mais loucas, mas já ouvira em meu tempo muitas histórias exageradas que se revelaram verdadeiras, e passara a julgar o homem e não seu relato. Se ele quisesse um lugar no meu apartamento para cortar a minha garganta, teria pintado uma cena mais modesta.

"Entregue-me sua chave", eu disse, "e darei uma olhada no cadáver. Perdoe minha cautela, mas preciso de alguma garantia, se puder."

Assentiu, pesaroso. "Imaginei que pediria isso, mas não estou com ela. Deixei-a em minha corrente na penteadeira. Tive de deixá-la para trás, pois não podia deixar nenhum indício que levantasse suspeitas. Os camaradas no meu encalço são cidadãos de olhos vivos. Você terá de confiar em mim esta noite, e amanhã, sem demora, terá provas suficientes da história do cadáver."

Pensei um pouco. "Certo. Por ora, confiarei em você. Irei trancá-lo neste quarto e ficarei com a chave. Só uma coisa, Mr. Scudder. Acredito que seja honesto, mas, se não for esse o caso, devo adverti-lo de que sou um homem hábil, e estou armado."

"Claro", respondeu, erguendo-se com certa vivacidade. "Não tive ainda o prazer de saber o seu nome, senhor, mas me permita dizer que você é um homem branco. Ficarei grato se me emprestar uma lâmina de barbear."

Indiquei-lhe o meu quarto e deixei-o à vontade. Meia hora depois, emergiu uma figura que eu mal pude reconhecer. Apenas os olhos afiados e famintos eram os mesmos. Ele estava totalmente barbeado, o cabelo dividido ao meio, as sobrancelhas, aparadas. Além disso, ele se deslocava como um atleta, e era o modelo perfeito, mesmo para alguém de pele morena, de um oficial britânico que passara uma longa temporada na Índia. Portava um monóculo que encaixara no olho, e todo traço norte-americano sumira de sua fala.

"Uau! Mr. Scudder...", gaguejei.

"Mr. Scudder não", corrigiu-me; "Capitão Theophilus Digby, do 40º Gurkhas, em licença. Serei grato se se lembrar disso, senhor."

Preparei-lhe uma cama em minha sala de fumo e me recolhi no meu canto, mais contente do que jamais estivera no último mês. Às vezes as coisas aconteciam, mesmo nesta maldita metrópole.

* * *

Acordei na manhã seguinte ouvindo meu amigo, Paddock, fazendo um estardalhaço diante da porta da sala de fumo. Paddock era um sujeito com quem me dei bem em Selakwi, e o trouxe como criado assim que cheguei à Inglaterra. Ele tinha a loquacidade de um hipopótamo, e não era muito bom como criado, mas eu sabia que podia contar com sua lealdade.

"Pare com este barulho, Paddock", eu disse. "Há um amigo meu, o Capitão — o Capitão..." (não conseguia me lembrar do nome) "... alojando-se aí. Prepare o café da manhã para dois, e em seguida quero falar com você."

Contei a Paddock uma história convincente de como meu amigo era um grande sujeito, com os nervos à flor da pele em razão do excesso de trabalho, e de como ele ansiava apenas por repouso e quietude absolutos. Ninguém deveria saber que ele estava aqui, ou ele seria acossado por comunicados do Ministério das Colônias e do primeiro-ministro, e sua convalescença seria arruinada. Sou obrigado a dizer que Scudder interpretou com perfeição quando veio tomar o café. Fitou Paddock com o monóculo, tal como um oficial britânico, perguntou-lhe sobre a Guerra dos Bôeres e lançou-me um bocado de coisas acerca de colegas imaginários. Paddock não conseguia me chamar de "senhor", mas ele usava esse tratamento para Scudder como se sua vida dependesse disso.

Deixei-o com um jornal e uma caixa de charutos, e permaneci na City até a hora do almoço. Quando retornei, o ascensorista tinha uma expressão solene.

"Coisa muito feia aconteceu por aqui, senhor. O cavalheiro do número 15 se deu um tiro. Acabaram de levá-lo para o necrotério. A polícia está lá em cima, agora."

Subi até o número 15 e topei com dois guardas e um inspetor, compenetrados em examinar a cena. Perguntei algumas bobagens, e eles logo me expulsaram dali. Em seguida, encontrei o antigo criado de Scudder, e, após sondar um pouco, atestei que ele não suspeitava de nada. Era um homem chorão com cara de enterro, e meia coroa o consolou um bocado.

Acompanhei a investigação no dia seguinte. Um sócio de alguma casa editorial forneceu provas de que o falecido lhe apresentara propostas comerciais de polpa de madeira, e fora, segundo cria, agente de alguma firma norte-americana. O júri tomou aquilo como um caso de suicídio de uma mente perturbada, e os escassos pertences foram entregues aos cuidados do Consulado americano. Fiz a Scudder um relato completo do caso, e aquilo o interessou enormemente. Disse-me que gostaria de ter acompanhado a investigação, pois achava que seria quase tão emocionante quanto ler o próprio obituário.

Durante os primeiros dois dias em que permanecera comigo no quarto dos fundos, ele transparecera muita traquilidade. Lia e fumava, e fazia um bocado de anotações em um caderno, e toda noite jogávamos uma partida de xadrez, na qual sempre me dava um baile. Penso que estava se recuperando da crise de nervos, pois acabara de passar por uma senhora provação. Mas, no terceiro dia, notei que começava a ficar impaciente. Arrolou uma lista com os dias que faltavam até 15 de junho, e descartava dia a dia com um lápis vermelho, tecendo comentários breves ao lado. Dava com ele compenetrado em seus devaneios, o olhar aguçado e distante, e logo após aqueles mergulhos meditativos era capaz de ficar bastante deprimido.

E então percebi que estava irascível mais uma vez. Atentava para os menores ruídos, e sempre me perguntava se Paddock era de confiança. Por uma ou duas vezes ele se mostrou rabugento, desculpando-se em seguida. Não o culpava. Concedi todos os descontos, pois ele havia passado um mau bocado.

O que o preocupava não era salvar a própria pele, mas o sucesso do plano que havia traçado. O homenzinho era todo determinação, sem um único ponto frágil. Certa noite, encontrava-se muito solene.

"Hannay", disse ele, "creio que devo esclarecê-lo um pouco mais sobre este caso. Odiaria partir sem deixar outra pessoa engajada nesta luta." E começou a contar o que até então só expusera de modo vago.

Não lhe dei grande atenção. O fato é que estava mais interessado em suas próprias aventuras do que nas questões políticas. Achava que Karolides e seus negócios não eram da minha conta, e que só cabia a ele resolver. Assim, um bocado do que disse entrou por um ouvido e saiu pelo outro. Recordo que estava muito claro para ele que a ameaça a Karolides não começaria antes que este chegasse a Londres, e viria dos escalões mais elevados, que não suscitariam suspeitas. Fez menção a uma mulher — Julia Czechenyi — que teria algo a ver com o perigo. Ela seria a isca, ao que entendi, fisgando Karolides para longe da proteção de seus guardas. Falou também acerca de uma certa Pedra Negra e de um homem que sibilava em seu discurso, e descreveu alguém com abundância de detalhes, a quem não se referia sem que reagisse com um arrepio — um velho de voz jovial, que podia encobrir os olhos como um falcão.

Falou muito sobre a morte, também. Estava fatalmente angustiado acerca do êxito da sua tarefa, mas não se importava nem um pouco com sua própria vida.

"Imagino que seja como dormir quando se está esgotado, e, ao despertar, deparar-se com um dia de verão e o perfume do feno entrando pela janela. Costumava agradecer a Deus por manhãs como essa, quando ainda estava no país do *BlueGrass*,* e creio que agradecerei a Ele quando despertar do outro lado do Jordão."

No dia seguinte ele estava muito mais animado, e passara grande parte do tempo lendo a biografia de Stonewall Jackson. Saí para jantar com um engenheiro de minas que conhecera no meu trabalho, e voltara por volta das dez e meia, a tempo de jogar nossa partida de xadrez antes de dormir.

Eu estava com um charuto na boca, recordo, quando abri a porta do escritório. As luzes não estavam acesas, o que considerei incomum. Imaginei que Scudder já poderia estar dormindo.

Alcancei o interruptor, mas não havia ninguém ali. E, então, notei algo em um canto que me fez deixar cair o charuto e começar a suar frio.

Meu convidado estava prostrado de bruços. Uma faca comprida que atravessava seu peito prendia-o ao assoalho.

---

* *Bluegrass*: música de raízes populares característica do Sul dos Estados Unidos. (N. T.)

DOIS

O leiteiro parte em sua viagem

Sentei-me numa poltrona sentindo muito enjoo. Isso durou uns cinco minutos, e foi seguido por uma onda de pânico. O pobre rosto pálido colado ao chão e de olhos abertos era mais do que eu podia aguentar, e consegui apanhar uma toalha de mesa para cobri-lo. Então, cambaleei até o guarda-louça, encontrei o conhaque e entornei muitos goles. Já vira homens morrerem violentamente; e, de fato, já matara alguns na Guerra dos Matabele; mas este ato de sangue-frio entre quatro paredes era outra coisa. Mesmo assim, consegui me recompor. Olhei para o relógio e vi que eram dez e meia.

Uma ideia me passou pela cabeça e percorri o apartamento em uma operação pente-fino. Não havia ninguém ali, nenhum vestígio, mas cerrei e aferrolhei todas as janelas e passei a corrente na porta.

A esta altura, recuperei a razão, e conseguia pensar mais uma vez. Levei cerca de uma hora para traçar um plano, sem nenhuma pressa, pois, a não ser que o assassino voltasse, eu teria até as seis da manhã para as minhas cogitações.

Estava em apuros — isso era claro. Qualquer sombra de dúvida que tivera acerca da verdade da história de Scudder havia se dissipado. A prova dela se encontrava deitada sob a toalha de mesa. O homem que sabia que ele sabia o que sabia o havia encontrado, e agira de modo mais adequado para se assegurar de seu silêncio. Sim; mas ele estivera nos meus aposentos por quatro dias, e seus inimigos deviam supor que ele se confidenciara comigo. Eu seria o próximo. Poderia acontecer naquela mesma noite, ou no dia seguinte, ou no seguinte. Era chegada a minha hora.

E então, de repente, pensei em outra probabilidade. Supondo que eu descesse agora e chamasse a polícia, ou que fosse para a cama, permitindo que Paddock encontrasse o corpo e os chamasse pela manhã. Que tipo de depoimento deveria dar sobre Scudder? Eu mentira a Paddock acerca dele, e a história toda parecia desesperadamente espinhosa. Se conseguisse me sair bem, e contasse à polícia tudo que ele me confidenciara, ririam de mim. As chances de que fosse acusado do assassinato eram de mil para um, e a prova circunstancial era forte o suficiente para me enforcarem. Poucos me conheciam na Inglaterra; não tinha um amigo de verdade que poderia se apresentar e jurar pelo meu caráter. Quem sabe não era com isso que aqueles inimigos secretos estavam contando. Eram bastante astutos, e uma prisão inglesa era uma maneira tão boa de se livrarem de mim até o dia 15 de junho quanto uma faca no peito.

Além disso, se eu contasse toda a história, e por algum milagre acreditassem em mim, eu ainda assim estaria jogando o jogo deles. Karolides permaneceria em casa — era o que queriam. De um jeito ou de outro, a imagem da face morta de Scudder me convertera em um crente fervoroso de seus planos. Ele se fora, mas havia me convencido, e eu estava bastante disposto a levar adiante o seu trabalho.

Você pode achar isso ridículo para um homem em perigo de vida, mas era assim que eu via a coisa. Sou um sujeito comum, não sou mais corajoso que os outros, mas odeio ver um homem bom caído, e aquela faca comprida não seria o fim de Scudder se eu pudesse jogar em seu lugar.

Tomou-me uma hora ou duas atinar com isso, e, a esta altura, chegara a uma decisão. Precisava sumir de algum jeito, e permanecer sumido até o fim da segunda semana de junho. Em seguida, precisava achar um modo de entrar em contato com o pessoal do governo, e contar-lhes o que Scudder me contara. Desejei muito que Scudder tivesse dito mais, e que eu tivesse prestado mais atenção ao pouco que contara. Não sabia mais do que os simples fatos. Havia um grande risco de que, mesmo superando todos os perigos, ao final não acreditassem em mim. Precisava arriscar, e esperar que ocorresse algo que confirmasse a minha versão aos olhos do governo.

Minha primeira missão seria continuar vivo nas três semanas seguintes. Era o dia 24 de maio, e isso significava ficar vinte dias escondido antes de me arriscar a procurar as autoridades. Dei-me conta de que dois grupos de pessoas estariam atrás de mim — os inimigos de Scudder, para me aniquilarem, e a polícia, que me procuraria pela morte de Scudder. Seria uma caçada vertiginosa, e era estranho como essa perspectiva me reconfortava. Estivera ocioso por tanto tempo que quase qualquer possibilidade de ação era bem-vinda. Se fosse obrigado a me sentar ao lado daquele cadáver e aguardar pelo destino, não me sentiria mais que um verme esmagado, mas, se salvar a minha pele implicava recorrer à minha inteligência, estava disposto a me alegrar com isso.

Meu pensamento seguinte foi se Scudder possuía algum documento que me esclarecesse os estratagemas. Ergui a toalha de mesa e vasculhei os seus bolsos. Não sentia aversão pelo cadáver. Seu rosto estava magnificamente plácido para alguém que fora atingido subitamente. Nada havia no bolso da frente, e apenas algumas moedas e um suporte de charutos no colete. Na calça, um canivete e algum dinheiro, e, no bolso lateral do paletó, uma charuteira de couro de crocodilo. Não havia sinal do caderninho preto no qual eu o vira registrando seus apontamentos. Sem dúvida ele fora levado pelo assassino.

Mas, ao erguer os olhos do que estava fazendo, vi algumas gavetas abertas na escrivaninha. Scudder jamais as teria deixado daquele jeito, pois era o mais ordenado dos mortais. Alguém devia estar procurando algo — o caderno de bolso, quem sabe.

Percorri novamente o apartamento e constatei que tudo havia sido revirado — o interior dos livros, as gavetas, guarda-louças, caixas, e até mesmo os bolsos das roupas no meu armário e o aparador da sala de jantar. Não havia sinal do caderno. O mais provável era que o inimigo o tivesse encontrado, mas não o tinham encontrado junto ao corpo de Scudder.

Depois, fui atrás de um atlas e dei uma olhada em um grande mapa das Ilhas Britânicas. Minha ideia era partir para um território ermo, onde minha experiência em agrestes africanos fosse útil, pois numa cidade eu não passaria de um rato numa ratoeira. Considerei a Escócia o melhor dos lugares, pois minha família era de lá e poderia passar despercebido como um típico escocês. Cogitei me passar por um turista alemão, pois meu pai tivera sócios alemães, e acabei por dominar com fluência o idioma, sem mencionar os três anos em que explorei cobre na Damaralândia alemã.* Mas calculei que seria menos chamativo bancar o escocês, e menos corrente com o que a polícia poderia ficar sabendo sobre o meu passado. Marquei Galloway como o melhor lugar para ir. Era, pelo que pude imaginar, a mais próxima das regiões ermas da Escócia e, pelo mapa, não era muito povoada.

---

* Região africana dominada pelos alemães desde o fim do século XIX até o término da Primeira Guerra Mundial. (N. T.)

Uma procura no guia *Bradshaw* me informou que um trem saía de St. Pancras às 7h10 e me deixaria em uma estação de Galloway no fim da tarde. Era razoável, mas um assunto mais urgente era saber como conseguiria chegar a St. Pancras, pois tinha certeza de que os amigos de Scudder vigiavam do lado de fora. Isso me desconcertou por um tempo; mas logo tive uma inspiração, com a qual fui para a cama e dormi por duas horas inquietas.

Levantei-me às quatro e abri as venezianas do quarto. A parca luz de uma agradável manhã de verão inundava os céus, e os pardais começavam a chilrear. Revolveu-se em mim uma sensação intensa, e me senti um tolo desamparado. Meu impulso era deixar as coisas acontecerem, e confiar que a polícia britânica tomasse uma atitude razoável em relação ao meu caso. Mas, quanto mais analisava a situação, mais insignificantes eram os argumentos contra a minha decisão da noite anterior, e assim, com a boca comprimida, resolvi prosseguir com meu plano. Não sentia medo, propriamente; só não estava propenso a arranjar problemas, se é que me entende.

Fui à procura de um traje de tweed surrado, um par de botas robustas e uma camisa de flanela com colarinho. Nos bolsos enfiei uma camisa extra, uma boina de pano, alguns lenços e uma escova de dentes. Havia sacado uma boa quantia em ouro do banco dois dias antes, para o caso de Scudder precisar de dinheiro, e guardei cinquenta libras em moedas de ouro em um cinto que trouxera da Rodésia. Era quase tudo que eu precisava.

Depois tomei um banho e cortei o bigode, que era longo e inclinado, deixando-o fino e coberto de restolhos.

Agora vinha o passo seguinte. Paddock costumava chegar pontualmente às sete e meia e entrava no apartamento com a sua chave. Às vinte para as sete, porém, o leiteiro tinha o desagradável costume de aparecer com um grande tilintar de garrafas, e depositava a minha parte do lado de fora da porta. Já vira o leiteiro às vezes quando saía para fazer uma caminhada matinal. Era um jovem aproximadamente da minha estatura, o bigode malcuidado e um macacão branco. Nele apostei todas as minhas fichas.

Dirigi-me até o escritório, onde os raios da manhã já se insinuavam através das persianas. Lá eu fiz o meu desjejum: um uísque com soda e alguns biscoitos retirados do guarda-louças. Já eram quase seis horas. Pus um cachimbo no bolso e enchi a tabaqueira servindo-me de um pote que estava sobre a mesa, ao lado da lareira.

Ao remexer o tabaco, meus dedos tocaram em algo firme, e do pote retirei o caderninho preto de Scudder...

Aquilo me pareceu um bom presságio. Ergui a toalha sobre seu corpo e fiquei impressionado com a paz e a dignidade do rosto morto. "Adeus, caro amigo", eu disse. "Farei o melhor que puder por você. Deseje-me sorte, de onde quer que esteja."

Em seguida, permaneci no hall aguardando o leiteiro. Foi a pior parte, pois estava aflito para sair. Passaram-se as seis e meia, as seis e quarenta, e nada. O patife escolhera justo aquele dia para se atrasar.

Um minuto após as quinze para as sete, discerni o tilintar das garrafas do lado de fora. Abri a porta da frente e lá estava o sujeito, selecionando as minhas garrafas de um engradado que carregava, assobiando entre os dentes. Sobressaltou-se um pouco ao me ver.

"Entre aqui um momento", eu disse. "Quero trocar uma palavra com você." E conduzi-o à sala de jantar. "Imagino que tenha espírito esportivo", eu disse, "e quero que me faça um favor. Empreste-me seu boné e o macacão por dez minutos, e aceite esta moeda de ouro."

Arregalou os olhos com a visão do ouro, e sorriu fartamente. "Qual é a jogada?", perguntou.

"Uma aposta", respondi. "Não dá para explicar, mas, para que eu vença, preciso me tornar um leiteiro pelos próximos dez minutos. Tudo o que precisa fazer é ficar aqui até eu voltar. Você vai se atrasar um pouco, mas ninguém vai reclamar, e você levará esta moeda consigo."

"Fechado!", respondeu efusivo. "Eu é que não vou atrapalhar uma brincadeira. Aqui o uniforme, patrão!" Vesti seu boné azul e meti-me no macacão branco, ergui as garrafas, fechei a porta e desci as escadas assobiando. O porteiro me mandou fechar a matraca, um sinal de que meu disfarce estava adequado.

A princípio achei que não havia ninguém na rua. E então avistei um guarda a cem metros de distância e um mendigo cambaleando no lado oposto. Um impulso me fez erguer os olhos para a casa em frente, e ali, em uma janela do primeiro andar, havia um rosto. Quando passou, o mendigo olhou para cima, e creio ter reconhecido uma troca de sinais.

Atravessei a rua, assobiando alegremente e imitando o gingado estiloso do leiteiro. Depois, entrei na primeira rua lateral e fiz uma curva à esquerda, encontrando ali um lugar sem movimento. Não havia ninguém na ruela, de modo que larguei as garrafas de leite em um montulho e lancei ali o boné e o macacão. Havia acabado de vestir minha boina quando um carteiro dobrou a esquina. Dirigi-lhe um bom-dia, e ele respondeu distraído. Naquele momento, o relógio da igreja próxima bateu sete horas.

Não havia um segundo a perder. Quando cheguei a Euston Road comecei a correr. O relógio da Estação de Euston acusava sete horas e cinco minutos. Em St. Pancras não tive tempo de comprar um bilhete, sem mencionar que não tinha escolhido meu destino. Um funcionário indicou-me a plataforma correta e, quando cheguei lá, vi o trem em movimento. Dois seguranças bloquearam a minha passagem, mas consegui me esquivar e saltar para dentro do último vagão.

Três minutos depois, enquanto recortávamos os túneis do norte, um guarda furioso me abordou. Ele preencheu um bilhete para Newton-Stewart, um nome que subitamente retornou à minha memória, e em seguida me conduziu do compartimento da primeira classe, onde eu havia me acomodado, para uma cabine de fumantes na terceira classe, ocupada por um marinheiro e uma mulher corpulenta com o seu filho. Saiu dali resmungando e franzindo o cenho, e comentei com um acentuado sotaque escocês aos meus companheiros que tomar trens era uma aporrinhação. Já estava dentro do papel.

"A petulância daquele guarda!", falou amargamente a senhora. "Ele precisava tomar um corretivo para se pôr no seu lugar. Implicou que meu bebê não havia comprado um bilhete, e ele só fará um ano em agosto, e se queixou de que o cavalheiro estava cuspindo."

O marinheiro assentiu morosamente, e dei início à minha nova vida em uma atmosfera de protesto contra a autoridade. Lembrei-me de que uma semana antes achava a vida tediosa.

TRÊS

A aventura do hospedeiro literato

Passei um momento solene ao viajar rumo ao norte naquele dia. Era um agradável dia de maio, com espinheiros brotando em todas as sebes, e me perguntei por que, quando ainda era um homem livre, permanecera em Londres e não aproveitara os prazeres destes campos paradisíacos. Não me atrevi a ir ao vagão-restaurante, mas adquiri minha cesta de almoço em Leeds, e a compartilhei com a senhora obesa. Também comprei os jornais matutinos, com notícias da lista de competidores de Derby, o início da temporada de críquete, alguns parágrafos sobre como os problemas nos Bálcãs se apaziguavam e o esquadrão britânico rumava a Kiel.

Quando terminei, retirei do bolso o caderninho preto de Scudder e o examinei. Estava repleto de notas breves e principalmente desenhos, ainda que aqui e ali um nome se destacasse. Por exemplo, descobri as palavras "Hofgaard", "Luneville" e "Abacate" com bastante frequência, e em especial a palavra "Pavia".

Agora, tinha certeza de que Scudder jamais fizera coisa alguma sem motivo, e eu estava convencido de que havia algo cifrado naquilo tudo. Eis um tema que sempre me interessara, e me ocupara disso uma vez quando fui um oficial de inteligência na baía Delagoa, durante a Guerra dos Bôeres. Tenho facilidade com coisas como xadrez e quebra-cabeças, e costumava me considerar muito bom em desvendar códigos secretos. Este parecia do tipo numérico, em que séries de figuras correspondiam a letras do alfabeto, mas qualquer sujeito relativamente perspicaz consegue matar uma charada desse tipo após uma hora ou duas de trabalho, e não acreditava que Scudder se contentasse com algo tão fácil. Assim, ative-me às palavras impressas, pois é possível montar uma cifra numérica excelente caso se possua uma palavra-chave que lhe forneça a sequência das letras.

Esforcei-me durante horas, mas nenhuma das palavras servia. Em seguida dormi, e despertei em Dumfries bem a tempo de saltar fora e tomar o vagaroso trem para Galloway. Havia um homem na plataforma com uma postura que não me agradou, mas ele não me olhou nenhuma vez, e, quando me vi rapidamente no espelho de uma máquina de café expresso, compreendi o porquê. Com meu rosto moreno, meu velho tweed e meu porte relaxado, era o próprio modelo de um dos fazendeiros das montanhas que amontoavam os vagões da terceira classe.

Viajei com meia dúzia de pessoas, em uma atmosfera de tabaco forte e cachimbos de barro. Estavam retornando da feira semanal, e só falavam em preços. Escutei relatos de como a criação de carneiros havia chegado a Cairn e a Deuch, e a uma dúzia de outros rios desconhecidos. Mais da metade dos homens se enfastiara no almoço, e recendia a uísque, mas eles não repararam em mim. Rodamos vagarosamente por uma terra de vales descampados e, depois, por uma vasta região pantanosa com lagos reluzentes e colinas elevadas que se divisavam ao norte.

Por volta das cinco o vagão estava vazio, e fui deixado só, como esperava. Desci na estação seguinte, um lugar diminuto cujo nome mal reparei, situado no próprio coração de um brejo. Lembrava-me uma daquelas estações abandonadas em Karroo. Um velho chefe de estação trabalhava em seu jardim e, com sua pá apoiada no ombro, passeou pelo trem, apanhou um embrulho e retornou às suas batatas. Um menino de dez anos apanhou o meu bilhete, e emergi em uma estrada branca que se extraviava sobre o charco marrom.

Fazia um magnífico entardecer primaveril, e cada colina aparecia tão clara quanto uma ametista entalhada. O ar carregava o aroma estranho e radicoso dos pântanos, ao mesmo tempo tão límpido quanto o vento em alto-mar, e exerceu um efeito muito curioso no meu espírito. Sentia o coração leve. Podia bem ser um garoto a sair para uma excursão de férias, e não um homem de trinta e sete anos muito procurado pela polícia. Era exatamente como me sentia quando partia para uma grande jornada em uma manhã gelada nas estepes africanas. Por incrível que pareça, passeava pela estrada assobiando. Não havia um único plano na minha cabeça, apenas a intenção de seguir caminhando naquela abençoada campina de aroma intocado, pois cada quilômetro me deixava com melhor humor.

Em uma plantação ao pé da estrada, cortei um cajado de nogueira, e logo saí da estrada por uma trilha que acompanhava o vale estreito de um riacho ruidoso. Julguei estar longe ainda de uma perseguição, e poderia relaxar naquela noite. Fazia algumas horas desde que pusera algo na boca, e estava ficando com muita fome quando alcancei uma cabana humilde, situada em um retiro ao lado de uma cascata. Uma mulher morena estava de pé ao lado da porta, e me saudou com o comedimento afável das terras alagadiças. Quando perguntei sobre o pernoite, ela disse que eu era bem-vindo a dormir na "cama do celeiro", e prontamente me trouxe uma calorosa refeição com ovos e presunto, bolinhos e um espesso leite adocicado.

Ao escurecer, seu marido chegou das colinas, um gigante arqueado que com um passo cobria três passos dos meros mortais. Não fizeram perguntas, pois tinham a criação perfeita de todos os habitantes das regiões ermas, mas pude ver que me tomaram por uma espécie de comerciante, e tive alguma dificuldade em confirmar suas suspeitas. Falei bastante sobre gado, o que meu anfitrião conhecia pouco, e aprendi com ele um bocado acerca dos mercados locais de Galloway, que memorizei para algum uso futuro. Às dez estava cabeceando na minha cadeira, e a "cama do celeiro" acolheu um homem exausto que não abriu os olhos uma única vez até as cinco da manhã, e então me aprontei para partir do pequeno sítio e tomar a estrada mais uma vez.

Eles se recusaram a receber pagamento, e por volta das seis já tinha tomado o café e continuado a rumar em direção ao sul. Minha intenção era voltar para a linha férrea uma ou duas estações à frente do lugar onde havia descido no dia anterior, e em seguida voltar. Achava que seria o caminho mais seguro, pois a polícia naturalmente presumiria que eu continuaria me afastando de Londres, em direção a algum porto a oeste. Eu devia estar com alguma vantagem, pois considerei que levaria algumas horas para me considerarem culpado, e ainda várias outras para identificarem o sujeito que havia embarcado no trem em St. Pancras. Fazia um igualmente agradável tempo limpo de primavera, e eu não conseguia me sentir ansioso. Na verdade, era meu melhor humor em meses. Ao longo de uma comprida serrania pantanosa tomei a estrada, ladeando a beira de um morro alto que as pessoas chamavam de Cairnsmore of Fleet. Por toda parte, maçaricos e tarambolas guinchavam em suas tocas, e os círculos de pasto verde à beira dos riachos estavam pontilhados de cordeiros. Todo embotamento dos últimos meses se escoava dos meus ossos, e eu caminhava como se tivesse quatro anos.

Logo atravessei um elevado pantanoso que se inclinava sobre o vale de um pequeno rio, e discerni a fumaça de um trem em meio ao urzal, a dois quilômetros de distância.

A estação, quando cheguei a ela, mostrou-se ideal para o meu propósito. O charco se erguia ao seu redor e deixava espaço apenas para a linha férrea, as margens estreitas, uma sala de espera, um escritório, a cabana do oficial da estação e um minúsculo campo de groselhas e mauritânias. Não parecia haver estrada que chegasse a ela de lugar algum, e, para aumentar a desolação, as ondas de uma lagoa lambiam a praia de granito cinzento a um quilômetro de distância. Aguardei embrenhado no urzal até reconhecer no horizonte a fumaça de um trem que ia para o leste. Depois me aproximei do diminuto guichê e comprei um bilhete para Dumfries.

Os únicos ocupantes do vagão eram um pastor e seu cão — uma fera de olhos aguados que não me transmitia confiança. O homem cochilava, e ao seu lado havia o *Scotsman* daquela manhã. Apanhei-o ansioso, pois imaginava que encontraria alguma informação.

Havia duas colunas sobre o Assassinato de Portland Place, como foi chamado. O meu amigo Paddock havia soado o alarme, e o leiteiro foi preso. Pobre-diabo, parecia que a moeda de ouro cobrara alto o seu preço; mas, para mim, o negócio valera a pena, pois aparentemente o sujeito manteve a polícia ocupada por quase todo o dia. Nas últimas notícias, encontrei mais esclarecimentos sobre a matéria. Li que o leiteiro fora liberado e que o verdadeiro criminoso, cuja identidade era incerta para a polícia, partira de Londres por uma das linhas do norte. Havia uma pequena nota sobre mim como proprietário do apartamento. Imaginei que a polícia havia inserido a nota como uma desajeitada artimanha para me persuadir de que eu não era suspeito.

Não havia mais nada no jornal, nada sobre a política externa, Karolides, ou sobre as coisas que interessavam a Scudder. Larguei-o, e vi que estávamos nos aproximando da estação onde descera no dia anterior. O mestre da estação, plantador de batatas, estava absorto em alguma atividade, pois o trem que rumava para o oeste aguardava que passássemos, e dele desceram três homens que lhe faziam perguntas. Suponho que fossem da polícia local, acionados pela Scotland Yard, e que me rastrearam até aquele fim de mundo. Sentado nas sombras eu os observei com cautela. Um deles tinha um caderno, os outros dois tomavam notas. O velho plantador de batatas parecia ter se tornado rabugento, mas a criança que vendera meu bilhete falava pelos cotovelos. O grupo todo se voltou para o páramo para onde seguia a estrada branca. Torci para que procurassem o meu rastro naquela direção.

Quando nos afastamos da estação, meu companheiro despertou. Fitou-me com um soslaio distraído, chutou o cachorro com força e perguntou onde se encontrava. Era óbvio que estava muito bêbado.

"Isso que dá ser abstêmio", comentou, com um arrependimento amargo.

Manifestei minha surpresa quanto a ele ser um colecionador de prêmios por sobriedade.

"Ah, mas eu sou um grande abstêmio", disse ele, combativo. "Fiz um voto de abstinência no dia de San Martin, e não tomei um gole de uísque desde então. Nem no fim de ano, e mesmo tentado a beber."

Cruzou as pernas sobre o assento e afundou a cabeça desalinhada nas almofadas.

"E é isso que ganho", lamuriou-se. "Uma ressaca pior que o fogo do inferno, e dois olhos vesgos no sábado."

"O que aconteceu?"

"Uma bebida, que chamam de conhaque. Como sou abstêmio, fiquei longe do uísque, mas passei um dia bebericando esse tal de conhaque, e duvido que fique bem nos próximos quinze dias." Sua voz morreu em uma gagueira, e o sono mais uma vez desabou sobre ele.

Meu plano era descer em alguma estação mais adiante, mas o trem subitamente me brindou com uma oportunidade melhor, pois fez uma parada ao final de um canal que transpunha um rio barulhento de águas escuras. Olhei para fora e vi que nenhuma janela dos vagões estava aberta, e que não se via uma figura humana na paisagem. Então, abri a porta e saltei rapidamente sobre o emaranhado de urzes que beiravam a linha férrea.

Não haveria problema, se não fosse por aquele cão dos infernos. Sob a impressão de que eu estava fugindo com os pertences do seu dono, ele começou a latir, e quase me apanhou pela calça. Isso acordou a multidão, que ficou gritando na porta do vagão, na crença de que eu havia tentado me suicidar. Arrastei-me em meio à vegetação, cheguei à margem do canal, e, oculto pelos arbustos, deixei cem metros para trás. E então, do meu abrigo, voltei-me e vi o guarda e diversos passageiros reunidos na porta aberta do vagão, olhando na minha direção. A partida não teria sido mais pública se eu tivesse saído com um corneteiro e uma fanfarra.

Felizmente, o pastor embriagado desviou a atenção geral. Ele e seu cão, amarrado a uma coleira, desabaram subitamente do vagão, caíram sobre o trilho e rolaram pela ribanceira em direção à água. No resgate que se seguiu, o cão mordeu alguém, pois pude discernir o ruído de uma imprecação. Naquele momento esqueceram-se de mim, e, quando, após rastejar por meio quilômetro, me arrisquei a olhar para trás, o trem se movia novamente e desaparecia pelo vão do canal.

Eu me encontrava em um vasto semicírculo pantanoso, tendo o rio amarronzado como raio e altas colinas que completavam a circunferência ao norte. Não havia sinal ou ruído de seres humanos, apenas a água gorgolejante e o guincho interminável dos maçaricos. Contudo, e de modo estranho, pela primeira vez senti o terror de ser perseguido. Não era na polícia que estava pensando, mas nos outros, que sabiam que eu sabia do segredo de Scudder, e não ousariam me deixar vivo. Tenho certeza de que me perseguiriam com insistência e vigilância desconhecidas pela Justiça britânica, e, no momento em que me apanhassem, não haveria misericórdia.

Olhei para trás, mas nada se destacava na paisagem. O sol reluzia o metal dos trilhos e as pedras molhadas do canal, e não se poderia encontrar uma vista mais pacífica em todo o mundo. Mesmo assim, comecei a correr. Encolhendo-me nos regatos do charco, corri até que o suor cegasse os meus olhos. O pânico não me abandonou até que chegasse à base da colina e me atirasse ofegante a um espinhaço muito acima das águas frescas do rio marrom.

De minha posição privilegiada, podia examinar todo o charco ao redor da linha de trem, e ao sul, onde campos verdes tomavam o espaço do urzal. Tenho olhos como os de um falcão, e mesmo assim não via nada se movendo na paisagem. Mas então olhei para o leste, para além do canal, e vi outro tipo de cenário — vales esverdeados e rasos com uma abundância de plantações de abetos e linhas tênues de poeira que sugeriam autoestradas. Por fim, contemplei o céu azul de maio, e lá avistei o que fez meu coração disparar...

Bem ao sul, um monoplano apeava-se nos céus. Aquele aeroplano estava procurando por mim, eu tinha a mesma certeza que teria se alguém me houvesse contado, e sabia que ele não pertencia à polícia. Por uma hora ou duas eu o observei de um buraco de urze. Ele voava sobre os topos das colinas, e depois em círculos fechados sobre o vale de onde eu viera. E então ele pareceu mudar de ideia, ergueu-se até as alturas, e desapareceu voando de volta para o sul.

Não gostava nada dessa espionagem pelos céus, e comecei a reconsiderar a zona rural que escolhera como refúgio. As colinas rasteiras não me esconderiam se o inimigo viesse do alto, e precisava encontrar outra espécie de esconderijo. Considerei com satisfação maior a região verde para além do canal, pois lá encontraria matas e casas de pedra. Por volta das seis da tarde, atravessei o páramo e cheguei a uma estreita estrada branca que sulcava o exíguo vale de um riacho profundo. À medida que seguia por ela, os campos deram lugar ao capim, o vale se transformou em um planalto, e logo atingi uma espécie de passagem onde uma casa solitária soltava fumaça contra o crepúsculo. A estrada pendia por uma ponte, sobre a qual um jovem se inclinava contra o parapeito.

Ele fumava um longo cachimbo de barro e estudava as águas através dos seus óculos. Em sua mão esquerda havia um pequeno livro com um dedo marcando a página. Devagar, repetia:

"Como quando na selva um grifo alado
Através de colinas e charnecas,
Persegue o arispiano."*

Saltou para o lado quando meus passos soaram sobre o piso, e pude ver um rosto agradável e infantil, queimado pelo sol.

---

* Fragmento do Livro II de *Paraíso perdido*, de Milton: *As when a Gyphon through the wilderness,/ With winged step, o'er hill and moory dale/ Pursues the Arimaspian*. (N. T.)

"Boa noite", disse solenemente. "Está uma noite agradável para pegar a estrada."

Os cheiros de fumaça de turfa e de um assado apetitoso emanavam da casa.

"Aquilo é uma hospedaria?", perguntei.

"Ao seu dispor", disse educadamente. "Sou o proprietário, senhor, e espero que se hospede aqui esta noite, porque, para falar a verdade, faz uma semana que não tenho companhia."

Sentei-me sobre o parapeito da ponte e enchi o meu cachimbo. Comecei a detectar ali um aliado.

"Você é jovem para ser um hospedeiro", disse.

"Meu pai morreu há um ano e deixou-me o negócio. Vivo aqui com minha avó. É um trabalho fácil para um jovem, e não foi minha escolha profissional."

"E qual seria?"

Ele enrubesceu: "Eu quero escrever livros", respondeu.

"E que melhor oportunidade você teria?", exclamei. "Rapaz, muitas vezes já considerei que um hospedeiro daria o melhor contador de histórias do mundo."

"Hoje não", contestou, com entusiasmo. "Nos velhos tempos talvez, quando recebíamos peregrinos e bardos, estradeiros e mensageiros na estrada. Mas hoje não. Ninguém se hospeda aqui além de carros motorizados entupidos de mulheres obesas, que param para almoçar, um ou dois pescadores na primavera, e caçadores em agosto. Não dá para aproveitar muito disso. Quero conhecer a vida, viajar pelo mundo e escrever coisas como as de Kipling e Conrad. Mas o máximo que consegui até agora foi ter alguns versos publicados no *Chambers's Journal*."

Contemplei a hospedaria, dourada ao pôr do sol, recortada contra as colinas amarronzadas.

"Já fiz minhas andanças pelo mundo, e não desprezaria este recanto. Você acha que a aventura só pode ser encontrada nos trópicos ou no meio da pequena nobreza, com suas camisas vermelhas? Talvez você esteja prestes a topar com ela neste momento."

"É o que Kipling diz", respondeu-me, os olhos se iluminando, e citou alguns versos de *Romance bringing up the 9.15.**

"Pois aqui está uma história verdadeira para você", exclamei, "e daqui a um mês você poderá escrever um romance com ela."

Sentado sobre a ponte, sob o ocaso brando de maio, eu lhe atirei uma adorável narrativa. Também era verdadeira em essência, embora tenha alterado alguns detalhes menos importantes. Fingi que era um magnata da mineração de Kimberley, que tivera um bocado de trabalho com uma compra ilegal de diamantes, e acabara topando com uma quadrilha. Eles atravessaram o oceano atrás de mim, assassinaram meu melhor amigo e agora se encontravam no meu encalço.

Contei a história com primor — quem não o faria? Descrevi uma fuga pelo Kalahari, até a África germânica, os dias abrasivos e crepitantes, as maravilhosas noites de veludo azul. Expus um atentado à minha vida no caminho de casa e pintei uma cena horrível acerca do Assassinato de Portland Place. "Você está atrás de aventura", bradei. "Bem, você a encontrou bem aqui. Aquelas feras estão atrás de mim e a polícia está atrás deles. É uma corrida que pretendo ganhar."

"Por Deus!", sussurrou ele, prendendo a respiração, "isso é puro Rider Haggard e Conan Doyle."

"Você acredita em mim", falei agradecido.

"É claro que sim", e estendeu a mão. "Acredito em tudo o que é fora do comum. Só desconfio do normal."

---

* Obra de W. W. Gill. (N. T.)

Ele era muito jovem, mas era perfeito para o que eu tinha em mente.

"Acho que não estão na minha trilha por enquanto, mas preciso me esconder por uns dois dias. Você poderia me abrigar?"

Entusiasmado, puxou-me pelo cotovelo e me conduziu para a casa. "Você poderá se esconder aqui tão confortavelmente como se estivesse em uma toca. Garanto que ninguém abrirá a boca, também. E você poderá me contar mais detalhes sobre suas aventuras?"

Quando adentrei o alpendre da hospedaria, ouvi o ruído distante de um motor. Lá estava, contra o oeste escuro, a silhueta do meu amigo, o monoplano.

Ele me instalou em um quarto nos fundos do estabelecimento, com uma bela vista para o platô, e me deu livre acesso ao seu escritório, apinhado de edições baratas dos seus autores favoritos. Não cheguei a encontrar sua avó, e imaginei que estivesse acamada. Uma senhora idosa chamada Margit trazia minhas refeições, e o hospedeiro estava sempre por ali. Queria um tempo para mim, de modo que inventei um trabalho para ele. Ele tinha uma motocicleta, e pedi que apanhasse para mim os jornais do dia anterior, que normalmente chegavam com a correspondência ao final da tarde. Disse a ele que mantivesse os olhos aguçados e que registrasse qualquer desconhecido que encontrasse, mantendo um cuidado especial para carros e aeroplanos. E, então, debrucei-me afoito sobre o caderno de Scudder.

Ele chegou ao meio-dia com o *Scotsman*. Não havia nada lá, exceto alguns achados adicionais sobre Paddock e o leiteiro e a reafirmação do dia anterior de que o assassino tinha rumado para o norte. Mas havia um longo artigo, reimpresso do *The Times*, sobre Karolides e a situação nos Bálcãs, embora não houvesse menção alguma à sua visita à Inglaterra.

Mantive longe o hospedeiro durante a tarde, pois estava muito compenetrado na elucidação do código.

Como já contei, era uma cifra numérica, e por meio de um elaborado sistema de experimentos havia praticamente descoberto quais eram as pausas e os símbolos nulos. O problema era a palavra-chave, e, quando pensei no milhão de palavras estranhas que ele podia ter usado, fiquei bastante desacorçoado. Contudo, por volta das três da tarde, tive uma inspiração súbita.

O nome Julia Czechenyi passou rapidamente pela minha cabeça. Scudder havia dito que ela era a chave para o problema de Karolides, e me ocorreu tentar utilizá-la como código.

Funcionou. As cinco letras de "Julia" me forneceram a posição das vogais. O A era o J, a décima letra do alfabeto, representado portanto pelo X do código. O E era o U = XXI, a vigésima primeira letra, e assim por diante. "Czechenyi" me forneceu os numerais das consoantes principais. Rabisquei aquele esquema em um pedaço de papel e me sentei para ler as páginas de Scudder.

Em meia hora estava lendo com o rosto lívido e os dedos tamborilando sobre a mesa.

Olhei pela janela e vi um grande automóvel de passeio atravessando o vale em direção à hospedaria. Estacionou à porta, e seguiu-se o ruído de gente descendo do veículo. Pareciam ser dois, homens com roupas vistosas e boinas de tweed.

Dez minutos depois, o hospedeiro veio até o quarto, os olhos brilhando de ansiedade.

"Tem dois camaradas lá embaixo procurando por você", sussurrou. "Estão bebendo uísque com soda na sala de jantar. Perguntaram por você e disseram que esperavam encontrá-lo por aqui. Ah, e o descreveram muito bem, das botas à camisa. Eu disse a eles que você esteve aqui na noite passada, que partiu em uma motocicleta esta manhã, e um dos sujeitos praguejou como um operário."

Fiz com que me descrevesse como eles eram. Um deles era um homem magro de olhos escuros e sobrancelhas grossas, o outro ria sempre e tinha a fala sibilante. Nenhum dos dois parecia estrangeiro; disso meu amigo tinha certeza.

Apanhei um pedaço de papel e escrevi as seguintes palavras em alemão, como se fossem o pedaço de uma carta:

...Pedra Negra. Scudder seguiu com isso, mas não poderia agir durante duas semanas. Duvido que eu seja de alguma valia agora, já que Karolides está incerto quanto a seus planos. Mas, se Mr. T. achar conveniente, farei o melhor que...

Elaborei o fragmento muito bem, para que parecesse uma folha solta de uma carta particular.

"Desça com isto, diga que encontrou no meu quarto e peça para que me devolvam caso consigam me alcançar."

Três minutos depois ouvi o carro começar a se mover, e espiando por detrás da cortina pude avistar os dois sujeitos. Um era magro, e outro tinha o rosto liso; foram as únicas coisas que consegui ver.

O hospedeiro surgiu com grande alvoroço. "O papel deu um susto neles", disse alegremente. "O homem negro ficou pálido à beça, e praguejou como o inferno, e o gordo assobiou e fez uma careta. Pagaram pelas bebidas com meia moeda de ouro e nem esperaram pelo troco."

"Agora vou dizer o que quero que faça", disse. "Apanhe sua bicicleta e vá a Newton-Stewart, ao chefe de polícia. Descreva os dois e diga que suspeita que tenham algo a ver com o assassinato em Londres. Você pode inventar motivos. Os dois retornarão, pode apostar. Não esta noite, pois me perseguirão por sessenta quilômetros pela estrada, mas amanhã bem cedo. Diga à polícia que esteja aqui a postos nessa hora."

Ele partiu como uma criança dócil, enquanto trabalhei nos escritos de Scudder. Quando voltou, jantamos juntos, e por consideração permiti que ele me interrogasse. Disse um bocado de coisas sobre caça de leões e a Guerra dos Matabele, enquanto pensava em quão tranquilas eram essas coisas se comparadas àquilo em que estava metido. Quando ele foi dormir, sentei-me e terminei de ler Scudder. Fumei em uma cadeira até o amanhecer, pois não conseguia dormir.

Por volta das oito da manhã, testemunhei a chegada de dois policiais e um sargento. Estacionaram seus carros em um estábulo, de acordo com as instruções do hospedeiro, e entraram na casa. Vinte minutos depois eu vi pela minha janela um segundo carro vindo pela direção oposta, sobre o platô. Ele não chegou até a hospedaria, mas estacionou a duzentos metros, ao abrigo de uma cobertura na mata. Reparei que seus ocupantes fizeram uma precavida meia-volta com o automóvel antes de saírem. Um ou dois minutos depois, escutei os passos sobre o cascalho do lado de fora da janela. Meu plano fora permanecer escondido no quarto e ver o que acontecia. Tinha ciência de que, se pudesse reunir a polícia e meus perseguidores mais perigosos, algo em meu benefício poderia resultar disso. Mas eu tinha uma ideia melhor. Rabisquei uma linha de agradecimentos ao meu anfitrião, abri a janela e caí silenciosamente sobre um arbusto de frutos silvestres. Sem ser observado, cruzei o riacho, arrastei-me pelas margens descampadas de um afluente e atingi a autoestrada, atrás da cobertura da mata. Ali estava o carro, novo em folha sob a luz da manhã, mas com a poeira que indicava uma longa jornada. Girei a ignição, saltei no assento do motorista e afastei-me suavemente em direção ao platô.

De uma hora para outra, a estrada fez uma curva tal que perdi a hospedaria de vista, mas o vento parecia me trazer o ruído de vozes raivosas.

QUATRO
A aventura do candidato radical

Você pode me imaginar dirigindo um carro de quarenta cavalos em sua plena potência sobre as quebradiças estradas do charco daquela alvorada brilhante de maio; a princípio, espiando por sobre os ombros, e atentando ansioso para a próxima curva; em seguida, dirigindo com os olhos perdidos, acordado apenas o suficiente para me manter na autoestrada. Pois estava pensando desesperadamente no que encontrara no caderninho de Scudder.

O homenzinho havia me contado um apinhado de mentiras. Toda aquela história sobre os Bálcãs e os judeus anarquistas, a conferência no Ministério das Relações Exteriores e Karolides eram falsas. Mas, por outro lado, nem tanto, como você verá. Apostei tudo na crença daquela história, que agora caíra por terra; aqui estava seu caderno a me contar uma história distinta, e, em vez de desconfiar desta vez, eu acreditei plenamente nela.

Por quê, eu não sei. Ela soava desesperadamente verídica, e a primeira história, se é que me entende, fora, a seu modo estranho, verídica. O décimo quinto dia de junho seria o dia da fortuna, uma fortuna maior do que a morte de um gringo. Era tão grande que não culpava Scudder por me manter fora da jogada e desejar apostar sozinho. Esta era, sem dúvida, a sua intenção. Ele me contara algo que soara suficientemente grandioso, mas a verdade era tão grande que ele, o homem que a havia descoberto, queria tudo para si. Não o culpava. Afinal, era pelos riscos que ele estava ávido.

A história completa se encontrava nos apontamentos — com lacunas, você compreende, que ele devia preencher de cabeça. Demarcou bem as suas autoridades, também, e possuía a habilidade curiosa de conferir a elas valores numéricos e procurar um equilíbrio, que se apoiava na verossimilhança de cada etapa da história. Os quatro nomes que havia escrito eram autoridades, e havia um homem, Ducrosne, que ostentava cinco em cinco; e outro sujeito, Ammersfoort, que obtivera um três. A essência do relato era tudo o que havia no caderno — ela, e uma estranha frase que se repetia uma dezena de vezes entre parênteses. "(Os trinta e nove degraus)" era a frase; e, na última vez que a usava, ela dizia: "(Os trinta e nove degraus, eu os contei — maré cheia, 10h17 da noite.)". Não tirei qualquer conclusão daquilo.

A primeira coisa que descobri foi que não se tratava de prevenir uma guerra. Ela viria, tão seguramente quanto o Natal: fora providenciada, dizia Scudder, desde fevereiro de 1912. Karolides seria a oportunidade. Ela estava devidamente agendada e seria cobrada no dia 14 de junho, duas semanas e quatro dias a contar daquela manhã de maio. Fiquei sabendo pelas notas de Scudder que nada no mundo poderia impedi-la. Aquela história de guardas epirotas que escalpelariam as próprias avós era uma balela.

A segunda coisa era que essa guerra seria uma surpresa para a Grã-Bretanha. A morte de Karolides pegaria os Bálcãs desprevenidos, e em seguida Viena despacharia um ultimato. A Rússia não gostaria disso, e ambas levantariam a voz. Mas Berlim faria o papel de conciliador, e deitaria água fria na fervura até que de repente toparia com uma boa causa para uma rixa, faria uma declaração, e em cinco horas nos atacaria. A ideia era essa, e era muito boa também. Discursos doces e justos, seguidos de um golpe no escuro. Enquanto estivéssemos falando da boa vontade e das boas intenções da Alemanha, nossa costa seria silenciosamente rodeada por minas, e submarinos estariam aguardando os navios de batalha.

Mas tudo isso dependia do terceiro elemento, que ocorreria no dia 15 de junho. Eu jamais teria compreendido isso se não tivesse encontrado uma vez um oficial do Estado-Maior francês, que retornava da África Ocidental e que me contou um monte de coisas. E uma delas era que, apesar de todas as bravatas verbalizadas no Parlamento, havia uma real aliança em movimento entre a França e a Grã-Bretanha, e os dois Estados-Maiores se reuniam de vez em quando e faziam planos para ações conjuntas em caso de guerra. Bem, em junho uma pessoa importante viria de Paris e obteria nada menos que uma declaração de intenções da frota naval britânica relativa à mobilização. Ao menos compreendi que era algo assim; de qualquer modo, tratava-se de algo de incomum importância.

Mas, no dia 15 de junho, outras pessoas estariam em Londres — cujas identidades só me restava supor. Scudder se contentava em chamá-las coletivamente de "Pedra Negra". Não representavam os nossos aliados, mas nossos inimigos mortais, e a informação, destinada à França, seria retirada das suas mãos. E isso seria utilizado — recorde-se — uma ou duas semanas depois, com grandes munições e torpedos velozes, subitamente, na penumbra de uma noite de verão.

Essa era a história que estivera decifrando em um quarto dos fundos de uma hospedaria no interior, com vista para uma plantação de repolhos. Era essa a história que pulsava na minha cabeça enquanto balançava naquele grande carro de passeio, de vale em vale.

Meu primeiro impulso fora escrever uma carta para o primeiro-ministro, mas um pouco de reflexão convenceu-me de que seria inútil. Quem acreditaria na minha história? Eu deveria apresentar um sinal, uma prova simbólica, e sabe-se lá o que seria isso. Acima de tudo, eu precisava continuar em frente, pronto para agir quando as coisas ficassem pretas, e isso não seria nada fácil com a polícia do Reino Unido em peso sobre mim, e os vigilantes da Pedra Negra correndo silenciosa e diligentemente no meu ancalço.

Não possuía um propósito claro na minha jornada, mas seguia dirigindo rumo ao leste, junto do sol, pois me lembrava pelo mapa de que se fosse para o norte entraria em uma região de minas de carvão e cidades industriais. Naquele momento, estava me afastando das regiões pantanosas e atravessando um amplo prado ao lado de um rio. Por quilômetros eu segui ao lado do muro de uma reserva, e em uma abertura nas árvores vi um grande castelo. Vaguei através de pequenos vilarejos de casebres de palha e sobre pacíficos riachos em baixios, passando por jardins reluzindo com espinheiros e leguminosas amarelas. A terra estava tão mergulhada na tranquilidade que mal podia crer que em algum lugar atrás de mim se encontravam aqueles que queriam a minha vida; e mais, que no prazo de um mês, a não ser que eu tivesse uma sorte milagrosa, aquelas faces redondas do campo estariam oprimidas e sobressaltadas, e homens jazeriam mortos nos campos ingleses.

Por volta do meio-dia adentrei um longo vilarejo isolado, e tive a ideia de parar para comer. A meio caminho dali havia uma agência dos Correios, e em sua escadaria a funcionária dos Correios e um guarda ocupados em decifrar um telegrama. Quando me viram, ficaram em estado de alerta, o guarda avançou com a mão erguida e gritou para que eu parasse.

Eu quase fui tolo de obedecer. E então, num relance, ocorreu-me que aquele telegrama tinha a ver comigo; que meus amigos na hospedaria haviam entrado em um acordo, unidos no desejo de me encontrar, e que fora muito fácil para eles telegrafar uma descrição minha e do carro para trinta vilarejos pelos quais eu poderia passar. Soltei os freios bem a tempo. Mas o guarda fechou as mãos sobre o capô, e só soltou quando a minha esquerda acertou o seu olho.

Constatei que as estradas principais não eram um bom lugar para mim, e me enfiei em desvios. Não era uma tarefa fácil sem um mapa, pois havia o risco de tomar a estrada de uma fazenda e acabar em uma lagoa de patos ou em um pátio de estábulos, e não podia me dar ao luxo desse tipo de atraso. Comecei a perceber que tolice fizera ao furtar o carro. O animal grande e verde era a melhor forma de me rastrear sobre a amplidão da Escócia. Se o largasse e rumasse a pé, ele seria descoberto em uma ou duas horas, e eu não ganharia distância na perseguição.

A coisa mais urgente a fazer era seguir pelas estradas mais vazias. Logo as encontrei quando subi o barranco de um grande rio, e mergulhei em um vale de colinas íngremes ao meu redor e uma estrada que serpenteava ao final, em meio a uma passagem. Lá não encontrei ninguém, mas ela me conduzia muito ao norte, portanto dobrei para o leste por uma trilha ruim que finalmente encontrou uma grande estrada de ferro, com duas linhas. Ao longe e abaixo vi outro vale relativamente amplo, e me ocorreu que, se o atravessasse, poderia encontrar alguma pousada remota para passar a noite. O entardecer avançava e eu estava faminto, pois não tinha comido nada desde o café da manhã além de um par de bolinhos que adquirira na tenda de um padeiro.

Apenas então ouvi um ruído nos céus, e logo ali estava aquele aeroplano infernal, voando baixo a uns quinze quilômetros ao sul e vindo rapidamente na minha direção.

Tive o instinto de lembrar que em um páramo aberto eu estaria à mercê do aeroplano, e que minha única chance seria me abrigar na cobertura de folhas do vale. Colina abaixo, desabalei como um raio, olhando para trás sempre que me atrevia, para ver a maldita máquina voadora. Logo estava em uma estrada entre sebes, submersas no vale estreito de um córrego. E então cheguei a uma porção de mata cerrada, onde reduzi a velocidade.

Subitamente, à minha esquerda ouvi a buzina de um carro, e percebi, para meu horror, que estava quase em cima de um par de pilares de portão através do qual uma estrada particular desembocava na autoestrada. Minha buzina emitiu um estrépito agonizante, mas era tarde demais. Pisei nos freios, mas meu ímpeto foi excessivo e, perante mim, um carro derrapou na minha direção. Por um triz eu teria o azar de me acidentar. Fiz a única coisa que era possível, e joguei-me contra a sebe, torcendo por aterrissar em algo macio do outro lado.

Mas nisso eu estava enganado. Meu carro perfurou a sebe como uma manteiga e então se precipitou para a frente. Eu vi o que aconteceria, ergui-me do assento e teria saltado, mas um galho de espinheiros me atingiu no peito, ergueu-me e me manteve ali, enquanto uma ou duas toneladas de dispendiosa ferragem deslizou sob mim, pinoteou e capotou, e finalmente desabou com um impacto estrondoso quinze metros abaixo, no leito do riacho.

* * *

Lentamente, o espinheiro me soltou. Desci primeiro sobre uma sebe, e então, com muito cuidado, sobre um caramanchão de urtigas. Enquanto me reerguia, uma mão segurou o meu braço e uma voz simpática e muito assustada perguntou se eu me machucara.

Dei por mim olhando para um jovem alto, de óculos e com um casaco de couro, que dava graças a Deus e implorava desculpas. Quanto a mim, quando me recompus, estava mais alegre que qualquer outra coisa. Aquele fora um jeito de me livrar do carro.

"A culpa é minha, senhor", respondi. "Tenho sorte de não ter acrescentado homicídio aos meus atos tresloucados. É o fim da minha viagem em um motor escocês, mas poderia ter sido o fim da minha vida."

Ele sacou um relógio e o contemplou. "Você é o tipo certo", ele disse. "Posso perder um quarto de hora e minha casa fica a dois minutos daqui. Providenciarei para que troque de roupas, alimente-se e se abrigue em uma cama. Onde está a sua bagagem, por sinal? Foi carbonizada junto com o carro?"

"Está no meu bolso", eu disse, brandindo uma escova de dentes. "Sou um colono e gosto de viajar sem carga."

"Um colono", exclamou. "Por Gade, você é o homem que estou procurando. Você não seria por acaso um livre-cambista, seria?"

"Sou, sim", respondi, sem a menor noção do que isso significava.

Deu um tapinha no meu ombro e conduziu-me até seu carro. Três minutos depois nos dispúnhamos perante uma cabana de caçadores de aparência acolhedora situada em meio aos pinheiros, e ele me apressou para dentro. Levou-me primeiro a um quarto e me estendeu meia dúzia de ternos, pois o meu havia se reduzido a trapos. Escolhi um de sarja azul folgado, que diferia de modo mais ostensivo do meu antigo vestuário, e tomei emprestado um colarinho de linho. Em seguida, chamou-me para a sala de jantar, onde as sobras de uma refeição permaneciam sobre a mesa, e anunciou que eu tinha somente cinco minutos para me alimentar. "Você poderá levar um lanche no bolso e cearemos ao voltar.

Preciso estar no Auditório Maçônico às oito da noite, ou o meu assessor vai arrancar a minha pele."

Tomei uma xícara de café e comi um pedaço de presunto frio, enquanto ele continuava a falar em cima do tapete ao pé da lareira.

"Você deve me julgar um tanto atrapalhado, Mr. ...; no fim das contas, não me disse ainda o seu nome. Twisdon? Alguma relação com o velho Tommy Twisdon da Sexagésima? Não? Bem, você vê, sou um candidato liberal deste canto do mundo, e eu tinha uma reunião em andamento esta noite em Brattleburn — esta é a minha cidade, e um reduto infernal do partido conservador. Consegui que o ex-premiê colonial, Crumpleton, viesse falar por mim esta noite, e fiz com que a coisa fosse imensamente anunciada e o lugar inteiro reservado. Esta tarde recebi um telegrama do desalmado, dizendo que ele apanhou uma gripe em Blackpool, e aqui estou deixado a fazer tudo sozinho. Pretendia falar por dez minutos, e agora preciso utilizar quarenta, e, embora esteja matutando por três horas para pensar em algo, eu simplesmente não consigo fazer isso. Agora você precisa ser um bom amigo e me ajudar. Você é um livre-cambista, e pode dizer ao nosso povo que protecionismo caduco se vê nas colônias. Todos vocês têm o dom da loquacidade — daria tudo para tê-lo. Serei eternamente grato."

Eu tinha pouco conhecimento sobre o livre-cambismo, mas não via outra oportunidade para conseguir o que queria. O jovem cavalheiro estava por demais absorvido em suas próprias dificuldades para pensar em quão estranho era pedir a um desconhecido, que por pouco escapara da morte e perdera um carro de mil guinéus, que comparecesse a uma reunião por ele no calor do momento. Mas minhas necessidades não permitiam que eu contemplasse a estranheza, ou que escolhesse caprichosamente os meus apoiadores.

"Está bem", eu disse. "Não sou um orador muito bom, mas posso lhes contar um pouco sobre a Austrália."

Com minhas palavras o pesado fardo escorregou dos seus ombros, e ele me arrebatou com seus agradecimentos. Emprestou-me um grande casaco — nem se perguntou por que eu começara uma viagem de carro sem levar um sobretudo comigo — e, à medida que percorríamos as estradas empoeiradas, fez verter nos meus ouvidos os fatos simples da sua história. Ele era órfão, e seu tio o criara — esqueci o nome desse tio, mas ele estava no gabinete do governo e você pode ler seus discursos nos jornais. Deu a volta ao mundo após sair de Cambridge e, em seguida, ao topar com dificuldades em empregos, o tio lhe sugeriu a carreira política. Fiquei sabendo que ele não tinha preferências partidárias. "Bons sujeitos de ambos os lados", disse alegremente, "e um bocado de canalhas, também. Sou um liberal, pois minha família sempre foi do partido Whig."* Mas, se era equilibrado politicamente, possuía opiniões fortes sobre outros assuntos. Soube que eu conhecia um pouco de cavalos e esbravejou sobre as listas de jóqueis dos derbies; e estava cheio de planos para melhorar a sua pontaria. Em suma, um jovem muito correto, honesto e imaturo.

Quando cruzamos uma pequena cidade, dois policiais sinalizaram para que parássemos e miraram as lanternas em nossa direção.

"Peço que nos perdoe, Sir Harry", disse um deles. "Recebemos instruções de procurar um veículo, e a descrição não difere do seu."

"Claro", disse o anfitrião, enquanto eu agradecia aos céus pelos caminhos tortuosos que me haviam posto fora de pe-

---

* Partido que reunia as tendências liberais no Reino Unido, contrapondo-se ao Tory, de linha conservadora. (N. T.)

rigo. Depois disso, ele não falou mais nada, pois sua mente começou a trabalhar arduamente em seu discurso iminente. Os lábios se moviam, os olhos perscrutavam, e comecei a me preparar para uma segunda catástrofe. Tentei pensar em algo para dizer, mas a minha mente estava seca como uma pedra. A próxima coisa que percebi foi ele estacionando em uma rua, defronte a uma porta, e fomos recebidos por cavalheiros ruidosos de rosetas.

O auditório tinha cerca de quinhentas pessoas, na maioria mulheres, um monte de cabeças calvas, e uma ou duas dúzias de jovens. O presidente, um malicioso ministro de nariz avermelhado, lamentou a ausência de Crumpleton, palestrou sobre sua gripe e me conferiu o certificado de "confiável representante do pensamento australiano". Havia dois guardas na porta, e torci para que tomassem nota daquele tributo. Em seguida, Sir Harry começou.

Jamais ouvira algo parecido. Ele não aprendera a falar. Portava uma batelada de notas das quais lia, e, quando as deixou de lado, sucumbiu a uma prolongada tartamudez. De vez em quando se recordava de uma frase que sabia de cor, endireitava a coluna, e a despejava como um Henry Irving,* e no momento seguinte já estava dobrado e murmurando sobre os seus escritos. Eram as asneiras mais apavorantes, também. Falou muito sobre a "ameaça alemã" e disse que era tudo uma invenção do partido Tory para ocultar os direitos dos pobres e retardar o grande fluxo de reformas sociais, mas que o "coletivo operário" percebera e havia zombado deles.

Ele defendia a redução da frota naval como prova de nossa boa-fé, e em seguida o envio de um ultimato à Alemanha, exigindo que fizessem o mesmo ou partiríamos para cima

---

*   Henry Irving (1838-1905): ator inglês. (N. T.)

deles. Disse que se não fosse pelo partido Tory, a Alemanha e a Grã-Bretanha seriam parceiros de trabalho na luta por paz e melhores condições. – Pensei no caderninho preto no meu bolso! Um bocado de amigos de Scudder se importava com paz e melhores condições.

E, contudo, de um modo esquisito, admirei o discurso. Era possível discernir a bondade do sujeito reluzindo detrás do lixo do qual fora alimentado. Além disso, aquilo tirou um peso das minhas costas. Podia não ser um grande orador, mas eu era cem por cento melhor que Sir Harry.

Não me saí tão mal quando chegou a minha vez. Simplesmente lhes disse tudo o que lembrava acerca da Austrália, rezando para que não houvesse australianos por ali — tudo sobre o seu partido operário e o serviço de comunicações e de emigração. Duvido que tenha me lembrado de mencionar o livre-cambismo, mas disse que não havia *tories* na Austrália, apenas operários e liberais. Aquilo provocou o riso geral, e deixei-os um pouco alertas quando comecei a lhes contar o tipo de negócio glorioso que julgava possível no império se acaso nos dedicássemos de verdade.

No geral, creio que fui um sucesso. O ministro não gostou de mim, contudo, e, quando ele propôs um voto de agradecimento, mencionou o discurso de Sir Harry como de um "estadista", e o meu como possuindo "a eloquência de um agente da emigração".

Quando voltamos ao carro, meu anfitrião estava com o humor exaltado por ter concluído sua tarefa. "Um discurso contundente, Twisdon", disse-me. "Agora, venha comigo para minha casa. Estou sozinho, e, se puder se demorar um ou dois dias, vou lhe mostrar uma verdadeira pescaria."

Tomamos uma sopa quente — eu ansiara muito por aquilo — e depois bebemos grogue em um agradável escritório com uma lareira crepitante. Pensei que era chegado o momento de pôr as cartas na mesa. Pelos seus olhos, pude ver que era o tipo em que se podia confiar.

"Ouça, Sir Harry", eu disse, "tenho algo muito importante para lhe dizer. Você é um bom sujeito, e eu serei franco. De onde tirou aquelas bobagens que falou hoje à noite?"

Seu rosto desabou. "Foi tão ruim assim?", indagou, pesaroso. "De fato, aquilo soou bastante superficial. Tirei grande parte da *Progressive Magazine* e de panfletos que aquele assessor me envia a toda hora. Mas você não crê que a Alemanha chegará a entrar em guerra conosco?"

"Faça esta pergunta daqui a seis semanas, e não precisará de resposta", respondi. "Se puder me ouvir durante meia hora, contarei um caso a você."

Ainda vejo aquela sala iluminada, as cabeças de cervos e gravuras antigas nas paredes, Sir Harry de pé, angustiado, sobre a guia de pedra da lareira, e eu falando, recostado a uma poltrona. Eu parecia outra pessoa, postada fora de mim e escutando a minha própria voz, considerando cuidadosamente a confiabilidade da minha história. Foi a primeira vez que contei a alguém a versão verídica, do modo como a enxergava, e aquilo me fez bem, pois aclarou mais o que tinha em mente. Não omiti um único detalhe. Ele ficou sabendo de tudo sobre Scudder, o leiteiro, o caderno e os meus movimentos em Galloway. Ao final, muito agitado, passou a andar de um lado para o outro do tapete ao pé da lareira.

"Veja, portanto", concluí, "que você tem em sua casa o homem procurado pelo Assassinato de Portland Place. Seu dever é ir de carro até a polícia e me entregar. Não creio que chegará muito longe. Haverá um acidente e terei uma faca atravessada entre as costelas uma hora depois de ser preso. Mesmo assim, é o seu dever, como cidadão cumpridor da lei. Talvez daqui a um mês você se arrependa, mas não há razões para pensar nisso."

Ele me fitava com um olhar firme e vivo. "Qual era o seu trabalho na Rodésia, Mr. Hannay?", perguntou.

"Engenheiro de minas", respondi. "Fiz uma fortuna, e me diverti no meio-tempo."

"Não é uma profissão que afetasse os seus nervos, é?"

Eu ri. "Ora, quanto a isso, meus nervos estão intactos." Apanhei uma faca de caça de um balcão na parede e fiz o velho truque Mashona de atirá-la e apanhá-la com os lábios. Aquilo exige uma postura bastante firme.

Ele me observou com um sorriso. "Eu não preciso de provas. Posso ser um péssimo orador, mas sou capaz julgar um homem. Você não é nenhum assassino, e nenhum tolo, e acredito que esteja falando a verdade. Irei ajudá-lo. Agora, o que posso fazer?"

"Primeiro, quero que escreva uma carta para o seu tio. Preciso entrar em contato com o pessoal do governo em algum momento antes do dia 15 de junho."

Ele afagou o bigode. "Isso não irá ajudá-lo. O assunto é com o Ministério das Relações Exteriores, e meu tio não tem nada a ver com ele. Além disso, você jamais poderá convencê-lo. Não, tenho ideia melhor. Escreverei para o secretário permanente do ministério. Ele é meu padrinho, e um dos melhores que há. O que deseja?"

Ele se sentou à mesa e escreveu o que lhe ditei. Resumindo, eu dizia que se um homem chamado Twisdon (achei melhor conservar este nome) aparecesse antes do dia 15 de junho, ele deveria tratá-lo bem. Ele disse que Twisdon provaria sua *bona fide* ao mencionar "Pedra Negra" e ao assobiar "Annie Laurie".*

"Ótimo", respondeu Sir Harry. "É um estilo mais apropriado. A propósito, você encontrará meu padrinho — seu nome é

---

* Antiga canção escocesa, baseada em um poema de William Douglas. (N. T.)

Walter Bullivant — em uma casa de campo em Whitsuntide. Fica perto de Artinswell, em Kennet. Pronto. Agora, o que fazer a seguir?"

"Você tem mais ou menos a minha estatura. Empreste-me o terno de tweed mais velho que tiver. Qualquer coisa serve, contanto que as cores sejam distintas das roupas que destruí esta tarde. Depois, mostre-me um mapa da vizinhança e me explique como devo me orientar por aqui. Ao final, se a polícia vier me procurar, apenas mostre o automóvel no barranco. Se a outra turma aparecer, diga-lhes que tomei o expresso para o sul após o nosso encontro."

Ele fez, ou prometeu fazer, todas essas coisas. Fiz a barba, removi o que restava do meu bigode e vesti um terno antigo de lã. O mapa me deu algumas noções sobre as redondezas e me informou das duas coisas de que precisava saber — onde as principais linhas férreas do sul se uniam e quais eram as mais ermas regiões à disposição.

Às duas da madrugada ele me despertou do meu sono na poltrona do escritório e me conduziu cabeceando a uma noite escura e estrelada. Uma velha bicicleta foi encontrada em um depósito de ferramentas e entregue a mim.

"Primeiro, vire à direita na longa floresta de pinheiros", ordenou. "Quando o dia raiar, você já terá atingido as colinas. Em seguida, vou atirar o meu carro em um brejo e seguir pelo páramo a pé. Você poderá passar uma semana entre os pastores, e estará tão a salvo quanto se estivesse na Nova Guiné."

Pedalei com diligência por estradas íngremes de cascalho até que o céu clareasse com a manhã. Quando as brumas se dispersaram com o sol, encontrei-me em um vasto continente verde, com vales pendendo de ambos os lados e um horizonte azulado à distância. Ali, de qualquer modo, eu poderia obter em breve notícias dos meus inimigos.

CINCO

A aventura do cantoneiro de óculos

Sentei-me no ponto mais alto do caminho e me inteirei da minha posição.

Atrás de mim havia a estrada que subia uma comprida fissura nas colinas, e que era o vale alto de algum rio conhecido. À frente havia um terreno plano de mais ou menos um quilômetro e meio, todo perfurado por lamaçais e recortado de tufos de grama, e, além, a estrada descia íngreme outro barranco até chegar a uma planície cujo ofuscamento azul se diluía na distância. À esquerda e à direita, colinas verdes arredondadas, lisas como panquecas, e ao sul — ou seja, do lado esquerdo — tinha-se um vislumbre de altas colinas cobertas de urze, das quais me lembrava pelo mapa como sendo uma grande reunião de colinas que escolhera como o meu refúgio. Encontrava-me na saliência central de uma enorme região de altitudes elevadas e podia avistar tudo o que se movia, a quilômetros de distância. Nos prados estrada abaixo, a cerca de um quilômetro, uma cabana expelia fumaça, mas era o único sinal de vida humana. Afora isso, ouviam-se apenas o chamado das tarambolas e o tilintar de riachos.

Era por volta das sete horas, e, enquanto aguardava, escutei mais uma vez o vibrar agourento no ar. E então percebi

63

que minha posição privilegiada poderia na verdade funcionar como uma armadilha. Não havia cobertura sequer para um chapim naqueles locais descampados.

Permaneci sentado e imóvel enquanto a vibração ficava mais forte. E então vi um aeroplano subindo pelo leste. Voava muito alto, mas de repente mergulhou centenas de metros e começou a rodear o aglomerado de colinas em círculos estreitos, tal como um falcão rodopia antes de atacar. Agora ele voava extremamente baixo e o observador a bordo me avistou. Pude perceber um dos dois ocupantes me examinando por meio de binóculos.

Subitamente, ele começou a se erguer em rápidas espirais, e a próxima coisa que vi foi o seu afastamento rumo ao leste, até se tornar um pontinho na manhã azulada.

Aquilo provocou em mim pensamentos exaltados. Meus inimigos tinham me localizado, e o próximo passo seria me encurralar. Não sabia qual a força que poderiam exercer, mas tinha certeza de que seria suficiente. O aeroplano avistara minha bicicleta, e concluiriam que eu tentaria escapar pela estrada. Nesse caso poderia haver uma chance nos páramos a leste e a oeste. Pedalei a cem metros da autoestrada e mergulhei a bicicleta em uma coberta de limo, onde ela submergia entre os ranúnculos e outras plantas aquáticas. Em seguida, escalei um montículo que me oferecia a visão dos dois vales. Nada se movia na longa faixa branca que os atravessava.

Disse que não havia esconderijo em toda aquela região para esconder um rato. Ao longo do dia, ela foi invadida por uma luz fresca e tênue até adquirir a fragrância ensolarada das estepes sul-africanas. Em outras ocasiões eu teria gostado do lugar, mas agora aquilo me sufocava. Os páramos ilimitados eram muralhas de uma prisão, e o pungente ar das colinas era o vapor de uma masmorra.

Joguei uma moeda — cara, direita, coroa, esquerda — e deu cara. Rumei então para o norte. Em pouco tempo atingi a borda da serrania, que era a muralha de contenção da estrada. Dava para avistar cerca de quinze quilômetros de autoestrada, e muito ao longe algo se movia, o que tomei por um automóvel. Ao longe na serrania pude ver um charco verde e ondulado, que caía sobre vales estreitos de mata.

Àquela altura, minha vida na serrania havia me brindado com olhos de uma ave de rapina, e pude ver coisas que para a maioria dos homens exigiria um telescópio... Ladeira abaixo, três quilômetros além, vários homens avançavam como uma fileira de atiradores em uma caçada...

Sumi de vista, atravessando a linha do horizonte. Aquele caminho estava fechado para mim, e eu precisava tentar as colinas mais altas ao sul, para além da autoestrada. O carro que vi estava cada vez mais perto, mas havia ainda um longo caminho até ele, com algumas rampas bem inclinadas no trajeto. Corri o mais que pude, agachando-me nos buracos que encontrava, e enquanto corria prosseguia escrutinando o sopé da colina à minha frente. Era imaginação minha ou eu via figuras — um, dois, talvez mais — deslocando-se no vale para além do riacho?

Quando se está cercado por todos os lados em um território, há apenas uma maneira de fugir. Você precisa permanecer no lugar e torcer para que os inimigos o procurem e não o encontrem. Isso era sensato, mas de que maneira poderia passar despercebido naquele descampado? Eu teria me afundado até o pescoço na lama, ou deitado embaixo d'água, ou escalado a árvore mais alta. Mas não havia um graveto de madeira, os lodaçais eram pequenas poças, o riacho, um córrego estreito. Nada havia além de arbustos baixos, colinas inclinadas e nuas e a autoestrada branca.

* * *

Foi então que, em uma pequena curva de estrada, ao lado de uma pilha de pedras, eu encontrei o cantoneiro.

Ele tinha acabado de chegar e balançava cansado o seu martelo. Fitou-me com um olhar de suspeita e bocejou.

"Maldito o dia em que larguei o rebanho!", praguejou, como que para o mundo todo. "Lá eu era o meu patrão. Agora, só um escravo do governo, atado à beira da estrada, os olhos feridos e as costas acabadas."

Levantou o martelo, golpeou uma pedra, largou a ferramenta com um xingamento e levou as mãos às orelhas. "Piedade! Minha cabeça está explodindo!", gritou.

Era uma figura tresloucada, da minha estatura mas muito recurvado, com a barba de uma semana no queixo e um par de óculos grandes de marfim.

"Não consigo mais", exclamou mais uma vez. "O inspetor precisa me liberar. Eu vou é desabar na minha cama."

Perguntei a ele qual era o problema, ainda que isso fosse bastante evidente.

"O problema é que não estou sóbrio. Ontem à noite minha filha Merran se casou, e todos dançaram até a cerimônia no curral. Eu e uns amigos fomos beber, e aqui estou. Pena que só olhei para o vinho quando ele ainda era tinto!"

Concordei com ele sobre a cama.

"É fácil falar", resmungou. "Mas recebi um cartão ontem dizendo que o novo inspetor da estrada faria a ronda hoje. Ele vai chegar e não vai me encontrar, ou vai me ver assim louco, e de qualquer jeito eu me dano. Vou é voltar para a cama e dizer que não estou bem, mas aposto como não vai adiantar — eles sabem por que não estou bem."

Súbito tive uma inspiração. "O novo inspetor o conhece?", perguntei.

"Não, não conhece. Faz só uma semana que está no emprego. Ele trabalha com um carro, e fica rodando por todo e qualquer lugar."

"Onde é sua casa?", perguntei, e fui conduzido por um dedo trêmulo para a choupana na beira do riacho.

"Bem, já para a cama", decidi, "e durma em paz. Eu vou assumir o seu posto por um tempo e verei o inspetor."

Ele me fitou sem compreender; depois, quando a sua cabeça embriagada entendeu o que eu havia dito, seu rosto se abriu em um sorriso mole.

"Você é muito gentil", exclamou. "Vai ser fácil se virar. Terminei de quebrar as pedras, você nem precisa marretar mais nenhuma esta manhã. Apenas pegue no batente, e retire bastante material daquela mina estrada abaixo para fazer outra pilha até amanhã. Meu nome é Alexander Turnbull, e estou no ramo faz sete anos, e por vinte anos fui pastor em Leithen Water. Meus colegas me chamam de Ecky, e às vezes de Quatro-Olhos, porque uso óculos e sou fraco das vistas. Só precisa falar macio com o inspetor, chamar de senhor, e ele ficará contente. Volto aqui à tarde."

Tomei seus óculos e seu imundo e velho chapéu emprestados; tirei o casaco, o colete e o colarinho e entreguei-os a ele para que levasse para casa; tomei emprestado também o asqueroso toco de cachimbo de barro como um bem extra. Ele indicou as minhas tarefas simples e, sem mais, partiu num trote vagaroso até sua cama. A cama devia ser sua meta principal, mas desconfio que houvesse um dedo ou dois no fundo de alguma garrafa para ele. Rezei para que ficasse a salvo antes que meus amigos chegassem.

Em seguida, trabalhei no figurino para o papel. Abri o colarinho da minha camisa — era de um tipo ordinário, azul e branco, parecido com o de um lavrador — e descobri um pescoço tão marrom quanto o de qualquer funileiro. Dobrei as mangas, e lá estavam braços que podiam ser de um ferreiro, queimados e arranhados por velhas cicatrizes. Tinha as botas e as bocas das calças esbranquiçadas pela poeira da estrada, e as ergui até em cima, atando-as com uma corda sob os joelhos. E então dei um trato no meu rosto. Com um punhado de poeira fiz uma marca de água ao redor do pescoço, no lugar onde o banho dominical de Mr. Turnbull devia terminar. Esfreguei um bocado de sujeira nas bochechas morenas. Os olhos de um cantoneiro com certeza viviam um pouco inflamados, e por isso providenciei para que os meus também fossem sujos de poeira, e por meio de uma esfrega vigorosa consegui um efeito de cansaço.

Os sanduíches que Sir Harry me dera se foram com o casaco, mas o almoço do cantoneiro, embrulhado em um lenço vermelho, encontrava-se à minha disposição. Comi com grande voracidade vários pedaços grossos de queijo e bolo de aveia, e bebi um pouco do chá fresco. No lenço havia um jornal local amarrado com um barbante e dirigido a Mr. Turnbull — que obviamente pretendia alegrar o seu intervalo de almoço. Refiz o embrulho e pus o jornal à mostra ao seu lado.

Minhas botas não me satisfaziam, mas ao chutá-las contra as pedras eu as reduzi à superfície de granito que marca as botinas dos cantoneiros. Mordi e quebrei as minhas unhas até que as pontas ficassem rachadas e desiguais. Os meus adversários não deixavam escapar um único detalhe. Cortei um dos cadarços e o amarrei novamente com um nó malfeito, e desamarrei o outro de modo que minhas grossas meias cinza aparecessem sobre o cano das botas. Ainda nenhum sinal na estrada. O carro que eu vira meia hora antes devia ter ido para casa.

Concluída a toalete, mergulhei no batente e comecei as minhas jornadas de ir e vir até a pedreira a cem metros de distância.

Lembro de um velho companheiro na Rodésia, que cometera muitos atos estranhos em seu tempo, dizer certa vez que o segredo de representar um papel era se pensar dentro dele. Você nunca fará jus ao personagem, disse, se não puder se convencer de que é *ele*. Portanto, isolei todos os outros pensamentos e me concentrei no conserto da estrada. Imaginei a pequena cabana branca como sendo a minha casa, lembrei-me dos anos que pastoreei em Leithen Water, fiz a minha mente ansiar prazerosamente pelo sono na minha padiola e por uma garrafa de uísque barato. Ainda nada surgia na longa estrada branca.

De vez em quando uma ovelha se demorava entre as urzes a me fitar. Uma garça pousou no rio e agarrou um peixe, sem reparar na minha presença mais do que o faria com um poste. E eu prosseguia rolando minha carga de pedregulhos com os passos pesados de um profissional. Logo meu corpo esquentou, e a poeira no meu rosto converteu-se em um granito sólido e permanente. Já contava as horas para que o entardecer pusesse um limite à monótona labuta de Mr. Turnbull.

De súbito, uma voz áspera ressoou da estrada, e erguendo os olhos vi um pequeno Ford para dois passageiros e um jovem de rosto redondo com um chapéu-coco.

"Você é Alexander Turnbull?", perguntou. "Eu sou o novo inspetor da estrada local. Você mora em Blackhopefoot e está encarregado do trecho entre Laidlawbyres e Riggs? Bom! Um bocado de estrada, Turnbull, muito benfeita. Está um pouco mole há dois quilômetros daqui, e as beiras precisam de limpeza. Dê uma examinada lá. Um bom dia. Você vai saber quem sou da próxima vez em que me vir."

Obviamente, meu porte satisfizera ao temido inspetor. Prossegui no trabalho e, quando a manhã se aproximou do meio-dia, fui animado por um pouco de tráfego. O carro de um padeiro se lançou contra a colina e me vendeu um saco de bolachas de gengibre, que armazenei nos bolsos das calças para o caso de emergências. Em seguida, um pastor passou com seu rebanho, e me deixou perturbado ao perguntar em voz alta: "E o Quatro-Olhos, cadê?".

"Na cama, com dor de barriga", respondi, e o pastor se afastou...

Por volta do meio-dia, um grande carro desceu a colina, deslizou diante de mim e parou uns cem metros à frente. Seus três ocupantes desceram, como que para esticar as pernas, e se aproximaram de mim.

Dois deles eu reconhecia da janela da estalagem de Galloway — um delgado, sagaz e negro, o outro à vontade e sorridente. O terceiro homem tinha a aparência de um interiorano — talvez um veterinário, ou um pequeno fazendeiro. Vestia calções folgados e de caimento ruim, e seus olhos estavam tão iluminados e alertas como os de uma galinha.

"Dia", disse por fim. "Que trabalhinho fácil, esse seu."

Não erguera os olhos enquanto se aproximavam e, agora que fora abordado, endireitei a coluna com vagar e dolorosamente, ao modo de um cantoneiro; cuspi vigorosamente, ao modo de um escocês simples; e encarei-os com firmeza antes de responder. Dei com três pares de olhos que não deixavam passar nada.

"Há trabalhos piores e melhores", afirmei, sentenciosamente. "Preferia o de vocês, sentados o dia todo passeando naquele estofado. São vocês e seus carros grandões que estragam minhas estradas! Se a gente tivesse nosso direito, vocês teriam é de consertar o que quebraram."

O homem de olhos vivos examinava o jornal que descansava ao lado da trouxa de Turnbull.

"Estou vendo que está com o jornal em dia", disse ele.

Dirigi-lhe um soslaio displicente. "Ah, em dia, mesmo. Já que o jornal saiu no sábado passado, está só com seis dias de atraso."

Ele o apanhou, analisou o sobrescrito, e o pousou novamente. Um dos outros dois estivera encarando as minhas botas, e uma palavra em alemão chamou a atenção dos outros.

"Você tem bom gosto para botas", ele disse. "Estas nunca poderiam ser feitas por um sapateiro do interior."

"Não mesmo", respondi prontamente. "São de Londres. Eu consegui de um cavalheiro que veio no ano passado para caçar, qual é mesmo o nome dele?" E cocei uma cabeça avoada.

Mais uma vez o sujeito polido falou em alemão. "Vamos embora. Este homem está limpo."

Fizeram uma última pergunta.

"Você viu alguém passar por aqui de manhã cedo? Ele podia estar de bicicleta ou a pé."

Por pouco não caí na armadilha e contei uma história de um ciclista correndo contra a alvorada cinzenta. Mas tive o tino de perceber o perigo. Fingi pensar muito profundamente.

"Não estava de pé nesta hora", respondi. "Sabe, minha filha se casou na noite passada, e ficamos acordados até tarde. Saí pela porta umas sete horas, e não vi ninguém na estrada. Desde que estou aqui, só passaram o padeiro e o rebanho de Ruchill, além de vocês."

Um deles me estendeu um cigarro, que cheirei com cuidado e enfiei na trouxa de Turnbull. Entraram no carro e desapareceram de vista em três minutos.

Meu coração retumbava de alívio, mas prossegui carregando minhas pedras. E assim estava quando dez minutos depois o carro voltou, e um dos ocupantes acenou a mão para mim. Estes senhores não deixavam um ponto sem nó.

Terminei de comer o bolo e o queijo de Turnbull, e pouco depois terminei com as pedras. O que me intrigava era o próximo passo. Não podia continuar muito tempo naquela manutenção de estradas. Uma divina providência mantivera Mr. Turnbull em sua casa, mas, se ele aparecesse por ali, eu estaria em apuros. Tinha noção de que o cerco ainda estava estreito ao redor do vale, e, para qualquer direção em que eu fosse, toparia com inquisidores. Eu precisava cair fora. Os nervos de homem nenhum suportariam mais que um dia de vigilância.

Permaneci no meu posto até por volta das cinco da tarde. Àquela hora, havia decidido descer até a cabana de Turnbull ao anoitecer e arriscar a travessia das colinas na escuridão. Mas, subitamente, um novo carro se aproximou na estrada e desacelerou a um ou dois metros de mim. Uma brisa fresca se ergueu e o ocupante queria acender um cigarro.

Era um veículo de passeio, com a traseira repleta de bagagens. Um homem estava dentro dele, e por um acaso incrível eu o conhecia. Seu nome era Marmaduke Jopley, e ele era uma ofensa à criação. Tratava-se de uma espécie de corretor sanguinário, que lucrava bajulando primogênitos e jovens ricos e enganando senhoras idosas. "Marmie" era uma figura conhecida, vim a saber, em bailes, partidas de polo e casas de campo. Era um astuto difamador, e rastejaria um quilômetro sobre a barriga em direção a qualquer coisa que possuísse um título ou um milhão. Fui submetido a uma apresentação empresarial de sua firma quando cheguei a Londres, e ele foi bom o suficiente para me convidar a um jantar em seu clube. Lá ele se exibiu o máximo que pôde, e desfilou entre as duquesas, até que a vaidade daquela criatura me deu nos nervos. Perguntei depois a um homem por que ninguém o expulsava e obtive a resposta de que os ingleses reverenciavam o sexo frágil.

De qualquer modo, lá estava ele agora, vestido com esmero, em um belo carro novo, obviamente a caminho de visitar algum dos seus amigos inteligentes. Uma sandice súbita me acometeu, e em um átimo saltei sobre a traseira do carro e segurei-o pelos ombros.

"Olá, Jopley", gritei. "Prazer em revê-lo, camarada!" Ele tomou um susto horripilante. Seu queixo caiu enquanto me encarava. "Com que diabos, mas quem é você?", engasgou.

"Meu nome é Hannay", respondi. "Da Rodésia, você se lembra."

"Bom Deus, o assassino!", tossiu.

"Isso mesmo. E haverá um segundo assassinato, meu caro, se você não fizer o que mando. Entregue seu casaco. E este chapéu também."

Ele fez conforme ordenado, pois estava cego de pavor. Sobre as calças imundas e a camisa vulgar eu vesti o casaco brilhante, abotoei-o até em cima, ocultando assim as deficiências do meu colarinho. Enfiei o chapéu na cabeça e acrescentei as suas luvas ao meu figurino. O cantoneiro empoeirado se transformara em um minuto em um dos mais elegantes motoristas da Escócia. Na cabeça de Jopley enfiei o inenarrável chapéu de Turnbull, e mandei que o deixasse ali.

E então, com alguma dificuldade, fiz meia-volta com o carro. Meu plano era retornar pela estrada pela qual ele viera, pois os observadores, já o tendo visto, deixariam-no passar despercebido, e a figura de Marmie não era de modo algum parecida com a minha.

"Agora, meu caro", eu disse, "fique quietinho e seja um bom garoto. Não pretendo lhe fazer mal. Estou apenas tomando seu carro emprestado por uma ou duas horas. Mas, se tentar algum truque comigo, e, acima de tudo, se abrir a boca, torcerei o seu pescoço tão certo quanto há um Deus acima de mim. *Savez?*"

Eu desfrutei daquela viagem noturna. Descemos dez quilômetros no vale, atravessamos uma ou duas vilas, e não pude deixar de notar vários sujeitos de aparência estranha na beira da estrada. Eram os vigilantes que teriam muito a me dizer se eu passasse com outra roupa ou outra companhia. Mas, do modo como estava, eles me divisavam sem curiosidade. Um deles tocou o chapéu para me saudar, e correspondi a ele graciosamente.

Quando o negrume caiu sobre nós, entrei em um vale lateral que, pelo que me lembrava do mapa, conduzia a um recanto vazio das colinas. Logo os vilarejos ficaram para trás, em seguida as fazendas, e por fim até mesmo as casinhas de beira de estrada. Afinal, chegamos a um charco solitário onde a noite obscurecia o facho crepuscular nas poças do charco. Lá estacionamos, e eu gentilmente dei meia-volta com o carro e devolvi a Mr. Jopley os seus pertences.

"Mil vezes obrigado", disse. "Há mais proveito em você do que imaginava. Agora vá embora e encontre a polícia."

Ao me sentar na encosta da colina, observando a minguante réstia de luz, refleti sobre os vários tipos de crime que experimentara. Ao contrário da crença geral, eu não era um assassino, mas me tornara um mentiroso descarado, um impostor desavergonhado e um bandoleiro com um acentuado gosto por automóveis caros.

SEIS
A aventura do arqueólogo calvo

Passei a noite em um banco de areia na encosta da colina, ao abrigo de uma rocha onde o urzal se erguia, abundante e macio. Senti frio, pois não carregava casaco ou colete. Estes estavam aos cuidados de Mr. Turnbull, assim como o caderninho de Scudder, meu relógio, e — o que era pior — meu cachimbo e a tabaqueira. Apenas o meu dinheiro me acompanhava no meu cinto, e cerca de duzentos gramas de bolachas de gengibre nos bolsos das calças.

Jantei metade das bolachas, e, ao me enrodilhar fundo no urzal, consegui obter um pouco de conforto. Meu humor melhorara, e começava a gostar daquele jogo louco de esconde-esconde. Até agora eu tivera uma sorte miraculosa. O leiteiro, o hospedeiro literato, Sir Harry, o cantoneiro e o idiota do Marmie, todos eram pedaços de uma imerecida boa fortuna. De algum modo, esse sucesso inicial me deixou com a sensação de que iria conseguir.

Meu problema maior era que eu estava desesperadamente faminto. Quando um judeu se suicida em Londres e há uma investigação, os jornais normalmente relatam que o falecido era "bem nutrido". Lembro-me de pensar que eles não me chamariam de bem nutrido se eu quebrasse o pescoço em um desvão pantanoso. Deitei-me e comecei a me torturar — pois as bolachas de gengibre apenas salientaram um vazio doloroso — com a lembrança de todas as boas comidas às quais dera tão pouco valor em Londres. Havia as salsichas fritas de Paddock e as perfumadas lascas de bacon, e os lustrosos ovos *pochés* — quantas vezes não entortei o nariz diante deles! Havia as costeletas que faziam no clube, e um presunto em particular, que permanecia sobre uma mesa fria, o qual minha alma cobiçava. Meus pensamentos vagaram por todas as variedades de comestíveis e finalmente repousaram sobre um filé de bar, um copo de cerveja amarga e coelho galês para acompanhar. Ao me demorar sem esperanças por estas iguarias, adormeci.

Acordei bastante rijo e com muito frio uma hora após o nascer do sol. Precisei de tempo até me lembrar de onde me encontrava, pois estava exausto e dormira pesadamente. O que vi primeiro foi o pálido céu azul através de uma rede de urzes, em seguida um grande ombro de colina, e por fim as minhas botas descansando com cuidado em um arbusto de mirtilos. Apoiei-me nos braços para me levantar, olhei para o vale abaixo e aquele ato me fez amarrar as botas com uma pressa desatinada.

Pois havia homens por lá, não mais que a trezentos metros de distância, espalhados pela encosta da colina como um leque e abrindo caminho no urzal. Marmie não tardara a buscar sua vingança.

Arrastei-me para fora do meu abrigo escondido pela rocha, e dali galguei uma valeta rasa que subia aquela face da colina. Ela enfim me conduziu ao rego estreito de um descampado, por onde escalei até o topo do espinhaço. Dali olhei para trás e vi que ainda não tinham me descoberto. Meus perseguidores vasculhavam com paciência a encosta da colina, em direção ao cume.

Mantendo-me protegido por uma curva na colina, corri por cerca de setecentos metros, até que pensei estar na ponta mais elevada do vale. E então eu me revelei, e fui instantaneamente percebido por um dos flanqueadores, que passou a informação aos outros. Ouvi gritos vindo de baixo e vi que a linha de busca mudara de direção. Fingi recuar na curva da colina, mas, em vez disso, retornei por onde viera, e em vinte minutos me encontrava detrás do espinhaço em frente ao local onde dormira. Daquele ponto de visão, tive a satisfação de ver que os perseguidores subiam a colina até o topo do vale, seguindo uma pista falsa.

Tinha diante de mim uma série de rotas, e optei pelo espinhaço que formava um ângulo com aquele onde estivera — logo poria um profundo vale entre mim e meus inimigos. O exercício esquentara o meu sangue e, espantosamente, eu começava a desfrutar daquilo. Enquanto prosseguia, fiz meu desjejum com os farelos que sobraram das bolachas de gengibre.

Sabia muito pouco da região, e não fazia ideia do meu próximo passo. Confiava na força das minhas pernas, mas sabia muito bem que os que estavam atrás de mim conheciam o relevo daquela terra, e que minha ignorância viria a ser uma árdua desvantagem. À minha frente, divisei um mar de colinas, erguendo-se muito alto em direção ao sul, e ao norte, quebrando-se em largos desfiladeiros que abriam várzeas amplas e rasas. O espinhaço por onde viera parecia mergulhar após dois ou três quilômetros em um páramo que jazia como um bolso nas terras altas. Aquele pareceu um destino tão bom quanto qualquer outro.

Meu estratagema me conferira boa vantagem — digamos, de uns vinte minutos — e tinha a extensão de um vale diante de mim antes de avistar as primeiras cabeças dos perseguidores. A polícia com certeza convocara conhecedores da região para ajudá-la, e os homens que via tinham a aparência de um povaréu, ou de guarda-caças. Eles se atiçaram ao me ver, e acenei com a mão. Dois mergulharam no vale e começaram a escalar o espinhaço onde eu me encontrava, enquanto os outros se mantinham do lado oposto da colina. Era como se eu fizesse parte de um jogo escolar de polícia e ladrão.

Mas muito prontamente aquilo começou a se parecer cada vez menos com um jogo. Aqueles sujeitos atrás eram robustos, em terreno familiar. Olhando para trás vi que havia somente três deles me seguindo diretamente, e imaginei que os outros buscavam um atalho para me alcançar. Minha falta de conhecimento da região poderia muito bem ser a minha ruína, e decidi sair daquele entranhado de vales e rumar até o bolsão pantanoso que vira do alto. Deveria assim aumentar a minha distância para poder me ver livre deles, e acreditava que poderia obter isso se encontrasse o solo apropriado. Se houvesse alguma cobertura, eu teria tentado me esgueirar um pouco, mas naquelas ladeiras descampadas dava para ver uma mosca a um quilômetro de distância. Depositava minha esperança no comprimento de minhas pernas e na eficiência de meu fôlego, mas precisava de uma margem maior que isso, pois não tive formação de montanhista. Que falta sentia de um cavalo de corrida africânder!

Antes que as figuras contornassem a colina atrás de mim, tomei bastante fôlego e saí do meu espinhaço em direção ao páramo. Atravessei uma clareira e alcancei uma autoestrada que unia dois vales. À minha frente havia um grande campo de urzes que se erguiam até um cume coroado de árvores de tufos estranhos. No dique à margem da estrada havia um portão, do qual uma trilha de grama alta conduzia à primeira ondulação do charco.

Saltei o dique e o segui, e após algumas centenas de metros — assim que perdi a estrada de vista — a grama desapareceu e se tornou uma estrada muito respeitável, que fora evidentemente aparada com cuidado. Decerto rumava até alguma casa, e comecei a cogitar em fazer o mesmo. Até então eu tivera sorte, e talvez minha melhor oportunidade residisse naquela remota habitação. De qualquer modo, havia árvores ali, e isso significava esconderijo.

Não segui pela estrada, mas pela costeleta que a acompanhava à direita, onde as samambaias vicejavam abundantes e tornavam as margens altas um biombo satisfatório. Foi uma boa decisão, pois, tão logo assomei à cavidade, ao olhar para trás divisei os perseguidores atingindo o espinhaço pelo qual descera.

A partir dali não olhei mais para trás; não tinha tempo a perder. Segui pela beira côncava da estrada, esgueirando-me quando em espaços abertos, e por uma longa extensão rastejando pelo córrego raso. Avistei um chalé deserto com uma fileira de pilhas de turfa e um jardim abundante. Logo me encontrava sobre uma forragem fresca, e rapidamente cheguei à entrada de uma plantação de abetos soprados pelo vento. De lá reconheci as chaminés da casa, fumegando a algumas centenas de metros à esquerda. Permaneci à margem da estrada, saltei outro dique, e antes que desse por isso estava sobre uma relva descuidada. Uma rápida olhada de soslaio me indicou que eu me encontrava fora da vista dos perseguidores, que ainda não haviam cruzado o primeiro banco do páramo.

A grama era muito desigual, aparada por uma foice e não por uma ceifa, e coberta de leitos de rododentros raquíticos. Um cinturão de tetrazes, raramente considerados aves de jardim, sobressaltou-se com a minha chegada. A casa à frente era uma típica fazenda dos charcos, com um anexo caiado mais pretensioso. Conjugado a esse anexo se encontrava uma varanda de vidro, e através do vidro eu vi o rosto de um cavalheiro idoso a me olhar com humildade.

Esgueirei-me pela borda rústica de cascalho e adentrei pela porta da varanda. Tratava-se de um aposento agradável, uma das paredes envidraçada, a outra coberta de livros. Era possível ver mais livros em uma sala interna. Sobre o assoalho, em vez de mesas, encontravam-se mostruários como os de um museu, repletos de moedas e estranhos artefatos de pedra.

Havia uma escrivaninha no centro, e sentado à sua frente, com alguns documentos e tomos abertos, encontrava-se o benevolente senhor idoso. Seu rosto era redondo e brilhante como o de Mr. Pickwick, óculos grossos pendiam da ponta do seu nariz, e o topo da sua cabeça era tão careca e lustroso quanto uma garrafa de vidro. Não se mexeu quando eu entrei, apenas ergueu as sobrancelhas e aguardou que eu falasse.

Não seria nada fácil, ao dispor de apenas cinco minutos, contar a um desconhecido quem eu era e o que queria, e assim conquistar o seu auxílio. Por isso, não tentei. Havia algo nos olhos do homem à minha frente, algo tão perspicaz e inteligente, que eu não sabia como começar. Simplesmente o fitei e balbuciei.

"Você parece com pressa, meu caro", ele disse com vagar.

Apontei a janela com a cabeça. Ela tinha o charco como vista, por uma abertura na plantação, e revelou algumas figuras a pouco menos de um quilômetro abrindo caminho entre as urzes.

"Ah, compreendo", ele disse, e levantou um binóculo, através do qual escrutinou os vultos pacientemente. "Um fugitivo da Justiça, hein? Bem, abordaremos a questão quando quisermos. Enquanto isso, desaprovo que minha privacidade seja invadida por desajeitados policiais do interior. Entre no meu escritório e encontrará duas portas à sua frente. Entre pela porta da esquerda e a feche. Você estará completamente a salvo ali."

E aquele homem extraordinário tomou novamente da sua caneta.

Fiz conforme ordenado, e me encontrei em uma pequena câmara escura impregnada de odores químicos, iluminada apenas por uma diminuta janela no alto de uma parede. A porta travou atrás de mim com um clique de porta de cofre. Uma vez mais encontrara um inesperado refúgio.

Ao mesmo tempo, não me sentia à vontade. Havia algo naquele senhor que me intrigava e me aterrorizava. Ele fora muito afável e ligeiro, quase como se me aguardasse. E seus olhos eram horrivelmente sagazes.

Nenhum ruído chegava até mim naquela sala escura. Pelo que sabia, a polícia poderia estar revistando a casa, e, se o fizessem, quereriam saber o que se encontrava por trás daquela porta. Tentei acalmar o meu espírito, e esquecer a minha fome.

E então adotei uma perspectiva mais otimista. O velho senhor provavelmente não me recusaria uma refeição, e me vi reconstruindo aquele café da manhã. Ovos com bacon bastariam, mas eu desejava a melhor parte da manta de toucinho e cinco dúzias de ovos. Enquanto minha boca se molhava por antecipação, ouvi um clique e a porta foi aberta.

Emergi para a luz do sol e deparei-me com o dono da casa sentado em uma poltrona funda no aposento que ele chamava de escritório, a me fitar com olhos curiosos.

"Eles já foram?", perguntei.

"Já foram. Eu os convenci de que você cruzou as colinas. Optei por não ter a polícia se interpondo entre mim e quem me sinto encantado em ajudar. É uma manhã de sorte para você, Mr. Richard Hannay."

Enquanto falava, suas pálpebras pareceram tremer e cair sutilmente sobre seus aguçados olhos cinzentos. De súbito me veio uma frase de Scudder, quando ele descrevia o homem que mais temia no mundo. Dissera que ele "poderia ocultar os olhos como um falcão". Foi então que vi que caminhara diretamente para o quartel-general inimigo.

Meu primeiro impulso foi estrangular o velho ameaçador e sair para o ar livre. Ele pareceu antecipar minha intenção, pois sorria com amabilidade ao indicar a porta atrás de mim com a cabeça.

Virei-me e vi que estava na mira das pistolas de dois criados.

Ele sabia o meu nome, mas jamais me vira. E, quando o pensamento atravessou a minha cabeça, vi que tinha uma pequena oportunidade.

"Eu não sei o que quer dizer", respondi duramente. "E quem você chama de Richard Hannay? Meu nome é Ainslie."

"E daí?", contestou, ainda sorrindo. "É evidente que você tem outros. Não nos ateremos a um nome."

Estava me recompondo. Refleti que minha vestimenta, a falta de um casaco, de um colete e de colarinho não me trairiam. Assumi a face mais grosseira e encolhi os ombros.

"Suponho que você vai me entregar, e acho isso uma arapuca das mais sujas. Deus do céu, queria nunca ter visto aquele maldito automóvel! Tome o dinheiro, e vá para o inferno", e atirei quatro soberanos sobre a mesa.

Ele abriu os olhos um pouco. "Ah, não, eu não o entregarei. Meus amigos e eu teremos um pequeno acerto de contas com você, só isso. Você sabe um pouco demais, Mr. Hannay. Você é um ator esperto, mas não esperto o suficiente."

Ele falava com resolução, mas pude ver o despertar de uma dúvida em sua mente.

"Ah, pelo amor de Deus, pare de tagarelar", exclamei. "Tudo está contra mim. Não tive um pingo de sorte desde que atraquei em Leith. Que mal há em um pobre-diabo de estômago vazio que apanha um dinheirinho que encontra em um carro quebrado? Foi só isso que eu fiz, e por isso fui importunado ao longo de dois dias por aqueles tiras malditos naquelas malditas colinas. Vou dizer uma coisa: estou farto disso. Você faça o que quiser, velhaco! Ned Ainslie já não tem mais forças."

Estava claro que a dúvida ganhava terreno.

"Faça o favor de me contar, o que você tem feito?", indagou-me.

"Não posso, patrão", respondi com um verdadeiro lamento de mendigo. "Não tenho o que comer há dois dias. Me dê algo para comer, e aí lhe digo a verdade de Deus."

Devo ter feito transparecer a fome no meu rosto, pois ele sinalizou para um dos homens sob o batente. Um pedaço de torta fria e um copo de cerveja foram trazidos, e eu os devorei como um porco — ou melhor, como Ned Ainslie, pois estava me concentrando no meu personagem. Na metade da refeição ele falou subitamente comigo em alemão, mas eu lhe dirigi uma expressão tão vazia quanto um muro de pedra.

Em seguida, contei a minha história — de como abandonara o meu navio em Leith uma semana antes, e que ia encontrar o meu irmão em Wigtown. O dinheiro estava curto — mencionei vagamente uma bebedeira — e estava muito bem das pernas quando encontrei um buraco em uma sebe, e, olhando através dele, vi um grande automóvel tombado em uma clareira. Fui dar uma olhada para ver o que havia acontecido, e encontrei três soberanos em cima do assento e um no assoalho. Não havia ninguém ali, nem sinal do proprietário, e por isso embolsei o dinheiro. Mas de algum modo a Justiça passou a me perseguir. Quando tentei trocar o soberano em uma padaria, a mulher chamou a polícia e, pouco depois, quando lavava o meu rosto em uma lagoa, quase fui apanhado, e só consegui escapar deixando para trás meu casaco e meu colete.

"Eles podem pegar o dinheiro de volta", bradei, "ele já me ajudou o suficiente. Aqueles biltres estão perseguindo um homem pobre. Agora, se tivesse sido você, patrão, que encontrasse aquelas libras, ninguém o teria incomodado."

"Você mente bem, Hannay", disse ele.

Arremeti furioso: "Pare de me incomodar, desgraçado! Estou falando que meu nome é Ainslie, e nunca ouvi falar de nenhum Hannay desde que nasci. Antes a polícia que seus Hannays e seus cafetões armados com cara de macaco... Não, patrão, me perdoe, foi sem querer. Sou muito grato pela comida, e agradeço se me deixar partir, agora que a barra está limpa".

Era óbvio que ele estava confuso. Ele jamais me vira, e minha aparência devia estar consideravelmente mudada em relação às minhas fotografias, caso ele tivesse examinado alguma. Eu era bastante jovial e me vestia bem em Londres, e agora não passava de um mendigo ordinário.

"Não pretendo deixá-lo partir. Se você é quem diz que é, logo terá uma chance de escapar. Se você é quem acredito que seja, não creio que continuará a ver a luz do dia por muito tempo."

Ele tocou um sino, e um terceiro criado surgiu na varanda.

"Traga-me o Lanchester* em cinco minutos", ordenou. "Teremos três para o almoço."

E então olhou firme para mim, e aquilo foi o mais difícil de tudo.

Havia algo de estranho e diabólico naqueles olhos. Frios, malignos, sobrenaturais e de uma sagacidade infernal. Eles me fascinavam tanto quanto os olhos vivos de uma cobra. Sentia um impulso forte de me atirar aos seus pés e rogar que me aceitasse ao seu lado, e, se levar em conta o que senti

---

*   Veículo motorizado inglês. (N. T.)

acerca da história toda, você verá que esse impulso deve ter sido puramente físico, a fraqueza de um cérebro hipnotizado e dominado por um espírito mais forte. Mas consegui me segurar firme e até arreganhar os dentes.

"Até a próxima, patrão", respondi.

"Karl", falou em alemão com um dos homens à porta, "ponha este sujeito no depósito até eu voltar; você responderá a mim por sua tutela."

Fui conduzido para fora da sala com uma pistola em cada orelha.

* * *

O depósito era uma câmara úmida que fora a antiga casa da fazenda. Não havia tapete sobre o assoalho irregular, e nada para se sentar além de uma carteira escolar. Era escura como breu, pois as janelas haviam sido completamente vedadas. Descobri, ao tatear, que junto às paredes estavam empilhados caixotes, barris e sacas de algum material pesado. O lugar todo recendia a bolor e a desuso. Meus carcereiros giraram a chave na porta e pude ouvi-los arrastando os pés enquanto permaneciam em guarda do lado de fora.

Sentei-me naquela escuridão arrepiante com um ânimo miserável. O velho partira em um automóvel para trazer os dois comparsas que me encontraram no dia anterior. Agora que me viram como um cantoneiro, iriam me reconhecer, já que usava a mesma roupa. O que estaria fazendo um cantoneiro a trinta quilômetros do seu posto, perseguido pela polícia? Uma ou duas perguntas os levariam ao rastro que eu deixara. Provavelmente encontraram Turnbull, e talvez Marmie também; muito provavelmente me ligariam a Sir Harry, e então a coisa toda ficaria clara. Que chances eu teria nesta casa no páramo com três facínoras e seus funcionários armados?

Comecei a ansiar pela polícia, que agora se esgueirava pelas colinas à caça da minha sombra. De qualquer modo, eles eram concidadãos e homens honestos, e suas brandas misericórdias seriam mais gentis que estes estranhos demoníacos. Mas eles não me dariam ouvidos. O velho diabo com suas pálpebras não tomou muito do seu tempo para se livrar deles. Imaginei que ele provavelmente subornara a força policial. O mais provável é que tivesse cartas do gabinete dos ministros declarando que ele deveria obter todas as facilidades para tramar contra a Grã-Bretanha. É desse modo coruja que realizamos as ações políticas em minha terra natal.

Os três retornariam para o almoço, e portanto eu não tinha mais de duas horas de espera. Simplesmente aguardava a destruição, pois não conseguia ver como escapar dessa confusão. Eu queria ter a coragem de Scudder — sou livre para confessar que não senti nenhuma grande bravura. A única coisa que me fazia persistir era estar bastante enfurecido. Pensar que aqueles três espiões poderiam me acossar daquele modo fazia meu sangue ferver de raiva. Desejava que a qualquer momento eu tivesse a oportunidade de torcer um pescoço antes que desabassem sobre mim.

Quanto mais pensava nisso, mais furioso eu me sentia, e precisava me levantar e caminhar pela sala. Tentei as persianas, mas elas eram do tipo que se tranca com uma chave e não consegui movê-las. Do lado de fora se discernia o brando cacarejo das galinhas sob o sol quente. Depois, arrastei-me até as sacas e os caixotes. Não consegui abrir as tampas deles, e as sacas pareciam repletas de algum tipo de biscoito para cachorros que cheirava a canela. Mas, à medida que circum-navegava pela sala, topei com uma maçaneta na parede que parecia valer uma inspeção.

Era a porta de um armário embutido — que na Escócia chamam de "bancada" — e estava trancada. Chacoalhei-a e ela me pareceu bastante frágil. Por falta de coisa melhor a fazer, empreguei toda a minha força contra a porta, conseguindo firmar a maçaneta ao enlaçar meu cinto à sua volta. Ao final, a porta cedeu com um estalo que me fez imaginar se os vigias viriam investigar o que se passava. Aguardei um instante, e então comecei a explorar as prateleiras do armário.

Havia uma imensidão de coisas estranhas ali. Encontrei dois insólitos fósforos nos bolsos das minhas calças e os acendi. A luz se foi em um instante, mas me revelou uma coisa. Havia um pequeno estoque de lanternas em uma prateleira. Apanhei uma e vi que estava funcionando.

Com a lanterna para me ajudar, fui além. Havia garrafas e embalagens de materiais de odor curioso, sem dúvida produtos químicos para experimentos, e bobinas de fios finos de cobre e um bocado de uma seda fina e oleosa. Encontrei uma caixa de detonadores e um monte de corda para estopim. E então, no fundo de uma prateleira, achei uma pesada caixa de papelão pardo, e dentro dela havia um compartimento de madeira. Consegui arrebentá-la, e lá dentro jazia meia dúzia de tijolinhos cinzentos, cada um deles de não mais de cinco centímetros cúbicos.

Apanhei um, e descobri que ele se desmanchava facilmente na minha mão. E então eu o cheirei e o toquei com a língua. Sentei-me para pensar. Não fora um engenheiro de minas à toa, e sabia reconhecer lentulita quando a encontrava.

Com um daqueles tijolinhos eu poderia explodir a casa em pedacinhos. Utilizara o material na Rodésia, e conhecia o seu poderio. O problema era que meu conhecimento não era exato. Eu me esquecera da quantidade certa e da maneira correta de prepará-lo, e não estava seguro quanto ao tempo que levava para explodir. Possuía apenas uma noção vaga, também, quanto ao seu alcance, pois, embora o tivesse utilizado, eu não o manipulara com as minhas próprias mãos.

Mas era uma oportunidade, a única oportunidade. Seria arriscadíssimo, mas em oposição a isso havia a absoluta certeza de algo sombrio. Se o utilizasse, imaginei que minhas chances seriam de cinco para uma de eu me explodir até o topo das árvores; mas, se não o fizesse, muito provavelmente estaria a seis palmos abaixo da terra do jardim ao anoitecer. Era desse modo que precisava enxergar. A perspectiva em ambos os casos era bastante sombria, mas havia ainda assim uma oportunidade, tanto para mim quanto para o meu país.

A lembrança do pequeno Scudder me fez decidir. Foi provavelmente o momento mais tresloucado da minha vida, pois não sou bom nessas resoluções a sangue-frio. Não obstante, consegui engolir em seco e morder a língua para reprimir os escrúpulos horríveis que me assediavam. Simplesmente parei de pensar e fingi que estava realizando um experimento tão simples quanto os fogos de artifício de Guy Fawkes.*

Apanhei um detonador e fixei-o a uns sessenta centímetros do estopim. Em seguida, apanhei um punhado do bloco de lentulita e enterrei-o perto da porta em uma fenda no assoalho, debaixo de uma das sacas, prendendo a ele o detonador. Pelo que imaginava, metade daqueles caixotes poderia estar cheia de dinamite. Se o armário continha explosivos tão mortíferos, por que não os caixotes? Nesse caso, os criados alemães e eu voaríamos muito longe pelos ares, e a ex-

---

* Conspirador inglês (1570-1606), conhecido por ter sido preso no dia 5 de novembro de 1605 ao tentar explodir o Parlamento. Desde então, a data é celebrada no Reino Unido com a explosão de fogos de artifício. (N. T.)

plosão tomaria um acre do campo ao redor. Havia também o risco de que a detonação pudesse acionar os outros blocos de lentulita do armário, pois me esquecera da maior parte do que aprendera sobre a substância. Mas de nada adiantava pensar nessas possibilidades. Elas eram terríveis, mas eu tinha de correr o risco.

Ocultei-me bem abaixo da viga da janela e acendi o estopim. Depois aguardei um momento. Seguiu-se um silêncio sepulcral — apenas o arrastar das pesadas botas na passagem e o cacarejo pacífico das galinhas no quente espaço aberto. Encomendei a minha alma ao Criador e fiquei a imaginar onde estaria em cinco segundos...

Uma grande onda de calor se ergueu do chão e pairou por um instante isolada no ar. A parede do lado oposto ao meu se abriu em um amarelo-ouro e se dissolveu com uma trovoada dilacerante que golpeou a minha cabeça. Algo caiu sobre mim, atingindo meu ombro esquerdo.

E, então, creio que fiquei inconsciente.

Meu estupor não pode ter durado mais que alguns segundos. Senti-me engasgando com uma densa fumaça amarela, e arrastei-me para longe dos detritos aos meus pés. Em algum lugar atrás de mim pude sentir o ar fresco. Os batentes das janelas haviam desabado, e a fumaça escapava pela fenda em direção ao calor do meio-dia. Saltei a verga destruída e dei por mim em um quintal, sob uma bruma densa e amarga. Sentia-me mal e nauseado, mas conseguia mover as minhas pernas, e assim rastejei cegamente para longe da casa.

Um pequeno moinho de água rodava sobre um aqueduto de madeira do outro lado do quintal, e dentro dele eu me atirei. A água fresca me reavivou e reuni vontade suficiente apenas para pensar em fugir. Desembaracei-me das pás em concha entre as escorregadias pedras esverdeadas de limo até que cheguei ao eixo do moinho. Esgueirei-me pelo vão do eixo para o interior do moinho e desabei sobre um leito de palhiço. Um prego se fincou nas minhas calças e deixei tecido e um tufo de urzes para trás.

O moinho se encontrava havia muito ocioso. As pás estavam apodrecidas pelo tempo e no sótão os ratos tinham aberto grandes furos no assoalho. A náusea me fez tremer e minha cabeça continuou girando, ao passo que meu ombro esquerdo e meu braço pareciam acometidos de uma paralisia. Olhei pela janela e vi que uma neblina ainda pairava sobre a casa e fumaça escapava da janela superior. Quisesse Deus que eu tivesse incendiado o lugar, pois pude escutar gritos confusos vindo do outro lado.

Mas não havia tempo para me demorar, já que o moinho era obviamente um péssimo esconderijo. Qualquer um que me procurasse naturalmente me acompanharia até ali, e eu podia garantir que a busca começaria assim que descobrissem que meu corpo não estava no depósito. Pela outra janela vi que pelo lado mais distante do moinho se erguia um antigo pombal de pedra. Se conseguisse chegar até ali sem deixar rastros poderia encontrar um esconderijo, pois presumi que meus inimigos, caso considerassem que eu pudesse correr, concluiriam que eu me afastaria para a vegetação, e assim me procurariam pelo charco.

Arrastei-me pela escada bamba, esparramando o palhiço atrás de mim para cobrir as pegadas. Fiz o mesmo com o assoalho do moinho e no recanto onde a porta pendia sobre dobradiças desgastadas. Do lado de fora, pude ver que entre mim e o pombal havia uma parte pavimentada, onde as pegadas não apareceriam. Ele era, além disso, providencialmente escondido pela construção do moinho para qualquer um que olhasse da casa. Deslizei pelo terreno, alcancei os fundos do pombal, e então planejei uma maneira de subir.

Foi uma das tarefas mais difíceis que já executei. Meu ombro e o braço latejavam imensamente, e eu estava tão indisposto e atordoado que fiquei o tempo todo prestes a cair. Mas, de algum modo, consegui. Fazendo uso das pedras salientes, de fissuras na construção e de uma raiz grossa à qual me agarrei no fim da escalada. Havia um pequeno parapeito atrás do qual encontrei espaço para me deitar. Em seguida, soçobrei em um desmaio à moda antiga.

Despertei com a cabeça queimando e o sol reluzindo sobre o meu rosto. Por um longo período permaneci imóvel, pois aqueles horríveis vapores parecem ter afrouxado as minhas articulações e entorpecido o meu cérebro. Ruídos na casa chegavam até mim — homens roucos e o motor de um veículo parado. Havia um diminuto vão no parapeito, para onde me esgueirei e pelo qual podia vislumbrar uma parte do quintal. Vi alguns homens saindo — um criado com a cabeça enfaixada, e depois um mais jovem de calças folgadas. Procuravam algo, e se moviam na direção do moinho. Um deles, então, avistou o chumaço de roupa no prego e gritou para o outro. Os dois retornaram para a casa e trouxeram mais dois para examinar aquilo. Eu vi a figura rotunda de um dos meus últimos captores e acho que vi o homem da fala sibilante. Notei que todos estavam armados.

Durante meia hora eles vasculharam o moinho. Pude escutá-los derrubando barris e erguendo o entabuamento estragado. Saíram em seguida e permaneceram bem abaixo do pombal, discutindo acaloradamente. O criado de faixa na cabeça estava levando uma séria descompostura. Pude ouvi-los remexendo na porta do pombal, e por um aterrador momento imaginei que estivessem subindo. Depois eles pensaram melhor, e retornaram para a casa.

Durante toda aquela tarde escaldante permaneci assando no telhado. Meu maior tormento era a sede. Minha língua parecia uma cola e, para piorar, podia ouvir o murmúrio da água fresca nas pás do moinho. Observei o curso de um pequeno riacho vindo do páramo, e minha imaginação o percorreu até o topo de um vale, onde ele devia brotar de uma fonte gelada adornada por samambaias e musgos. Teria dado mil libras para mergulhar o meu rosto naquilo.

Tinha uma boa noção da faixa circular que compreendia o charco. Vi o carro se afastar a toda a velocidade com dois ocupantes, e um homem em cima de um cavalo montanhês cavalgando para o leste. Julguei que estivessem procurando por mim, e desejei-lhes boa sorte na jornada.

Mas vi algo ainda mais interessante. A casa se encontrava quase no alto de uma ondulação do charco que coroava uma espécie de planalto, e não havia ponto mais alto que aquele, excetuando as grandes colinas a uns dez quilômetros de distância. O verdadeiro topo, como mencionei, era um grande apinhado de árvores — em sua maioria abetos e alguns poucos freixos e faias. Do alto do pombal eu me encontrava quase no nível das copas das árvores e podia ver o que jazia além. A mata não era sólida, mas apenas um círculo, e dentro dele uma oval de prado verde, que aos olhos da maioria passaria por um campo de críquete.

Não levou muito tempo até que adivinhasse o que era. Tratava-se de uma pista de pouso secreta. O lugar fora muito habilmente escolhido. Na suposição de que alguém observasse um aeroplano descendo até ali, pensaria que ele teria cruzado a colina atrás das árvores. Como o lugar ficava no topo de uma elevação, no meio de um grande anfiteatro, qualquer observador a partir de qualquer direção concluiria que ele sumira de vista atrás da colina. Apenas alguém muito próximo perceberia que o aeroplano não cruzara a colina, mas pousara no meio da mata. Um observador com um telescópio sobre uma das colinas mais altas poderia descobrir a verdade, mas apenas os rebanhos iam até lá, e rebanhos não carregam binóculos. Do alto do pombal pude ver à distância uma linha azul que sabia ser o mar, e fiquei furioso ao pensar que nossos inimigos tinham aquela torre estratégica para manipular os nossos cursos-d'água.

Depois, refleti que, se o aeroplano retornasse, as chances de eu ser descoberto seriam de dez para um. Assim, durante a tarde permaneci deitado e rezando para que anoitecesse, e fiquei feliz quando o sol se pôs atrás dos grandes montes do oeste e a cerração do crepúsculo se ergueu sobre o páramo. O aeroplano estava atrasado. O anoitecer já se encontrava avançado quando escutei o vibrar das asas e o avistei aterrissando em sua morada na mata. As luzes piscaram um pouco e houve muita movimentação na casa. Caiu a noite e, logo depois, o silêncio.

Graças a Deus fazia uma noite escura. A lua já estava quase nova e não se ergueria até bem tarde. Minha sede era muito grande para que eu pudesse me demorar; portanto, mais ou menos às nove da noite, pelo que podia julgar, comecei a descer. Não foi fácil, e na metade da escalada ouvi a porta dos fundos da casa se abrir, e vi o brilho de uma lanterna contra a parede do moinho. Por alguns minutos agonizantes eu me pendurei na raiz e rezei para que, quem quer que fosse, não rodeasse o pombal. Em seguida a luz desapareceu, e desci tão suavemente quanto pude sobre o solo firme do pátio.

Arrastei-me de bruços até o abrigo de um dique de pedra, até finalmente alcançar a entrada das árvores que rodeavam a casa. Se soubesse como, teria danificado o aeroplano, mas percebi que qualquer tentativa seria inútil. Estava quase certo de que havia algum tipo de defesa em volta da casa, e portanto cruzei a vegetação de gatinhas, certificando-me de que cada movimento meu seria seguro. E, ainda bem, pois ao final encontrei um fio a cerca de sessenta centímetros do chão. Se tivesse tropeçado ali, aquilo sem dúvida teria disparado algum alarme na casa e eu seria capturado.

Uma centena de metros adiante encontrei outro fio estrategicamente colocado na margem de um pequeno córrego. Mais além jazia o páramo, e em cinco minutos eu me embrenhava na vegetação. Logo eu estava dobrando o acostamento do aclive, no vale estreito a partir de onde brotava o córrego que levava ao moinho. Dez minutos depois meu rosto estava na fonte, e eu me fartava com litros daquela água abençoada.

Mas não me detive até que tivesse posto dez quilômetros entre mim e aquela habitação maldita.

SETE

O pescador isca

Sentei-me no topo de uma colina e avaliei a minha posição. Não me sentia muito contente, pois a gratidão pela minha fuga era eclipsada pelo meu agudo desconforto físico. Aquela fumaça de lentulita me intoxicara, e as horas queimando sobre o pombal não ajudaram em nada. Estava com uma dor de cabeça lancinante e me sentia mal à beça. Meu ombro também andava mal. A princípio pensei que era apenas uma escoriação, mas ele parecia estar inchado e eu não conseguia fazer uso do braço esquerdo.

Meu plano era procurar a cabana de Mr. Turnbull, recuperar as minhas vestimentas e especialmente o caderno de Scudder, e em seguida tomar a linha principal e retornar para o sul. Parecia-me que quanto mais cedo entrasse em contato com o homem do Ministério das Relações Exteriores, Sir Walter Bullivant, melhor. Não via como conseguir mais provas do que as que já tinha. Ele acreditaria ou não na minha história, e, de qualquer modo, com ele eu estaria em melhores mãos que nas daqueles diabólicos alemães. Comecei a sentir a maior simpatia pela polícia britânica.

Fazia uma maravilhosa noite estrelada e não tive maiores dificuldades na estrada. O mapa de Sir Harry me fornecera noções da topografia da região, e tudo o que devia fazer era rumar a um ou dois graus a oeste do sudoeste para chegar ao riacho onde encontrara o cantoneiro. Nessas viagens todas eu não ficara sabendo os nomes dos lugares, mas acredito que o riacho não era menos que as águas altas do rio Tweed. Calculei que ele ficava a cerca de trinta quilômetros, e isso significava que não poderia chegar antes da manhã. Portanto, precisava me deitar durante o dia em algum lugar, pois havia me transformado em uma figura por demais ultrajante para ser vista sob a luz do sol. Não tinha sobretudo, colete, colarinho ou chapéu; minhas calças estavam esfarrapadas; meu rosto e minhas mãos estavam negros com a explosão. Ouso dizer que possuía ainda outras belezas, pois sentia que meus olhos estavam violentamente vermelhos. O resultado geral não era propriamente um espetáculo digno de ser visto numa autoestrada por cidadãos tementes a Deus.

Pouco depois do raiar do dia fiz uma tentativa de me limpar em uma abertura na colina, e em seguida me aproximei de uma cabana de pastor, pois sentia vontade de me alimentar. O dono estava fora e sua esposa se encontrava sozinha, sem um vizinho a menos de dez quilômetros. Ela era uma bela senhora, e muito corajosa também — embora tivesse se assustado quando me viu, carregava uma machadinha à mão e a teria utilizado contra algum malfeitor. Contei a ela que sofrera uma queda — não disse como — e ela viu pela minha aparência que eu estava bastante doente. Como uma boa samaritana, não fez perguntas e me deu uma tigela de leite misturado a uma dose de uísque, e permitiu que eu me sentasse um pouco ao lado do fogo na cozinha. Ela teria lavado o meu ombro, mas ele doía tanto que não deixaria que ela o tocasse.

Não sei pelo que me tomou — um ladrão arrependido, talvez; pois quando desejei pagar pelo leite e lhe entreguei um soberano, que era a moeda de menor valor que carregava, ela balançou a cabeça e disse algo como "entregar aquilo aos que o merecem". A isso, protestei com tanta veemência que imagino que tenha me considerado alguém honesto, pois ela aceitou o dinheiro e me entregou um xale novo e quente em troca, e um velho chapéu do seu marido. Ela mostrou como amarrar o xale ao redor dos ombros e, quando deixei aquela cabana, eu era uma imagem viva do escocês que se vê nas ilustrações dos poemas de Burns.* De qualquer modo, agora eu estava vestido.

E não foi sem tempo, pois o clima havia mudando antes do meio-dia para uma espessa garoa. Encontrei abrigo em uma rocha saliente na curva de uma clareira, onde um feixe de galhos mortos fez as vezes de leito. Ali consegui dormir até o anoitecer, despertando com muitas câimbras e meu ombro latejando como uma dor de dente. Comi o bolo de aveia e o queijo que a velha dona de casa me entregara e parti novamente pouco antes da noite.

Recordo-me das misérias daquela noite entre as colinas úmidas. Não havia estrelas para me guiar e precisava me esforçar ao máximo para me lembrar do mapa. Perdi-me duas vezes e tropecei feio em turfeiras. Entre um ponto e outro a distância não era mais que quinze quilômetros, mas meus erros a transformaram em quase trinta. A parte final foi percorrida com os dentes cerrados e uma cabeça confusa, atordoada. Mas consegui, e nas primeiras luzes da manhã eu bati na porta de Mr. Turnbull. A bruma se esparramava espessa, e da cabana eu não podia ver a estrada.

O próprio Mr. Turnbull abriu a porta para mim — sóbrio, e um pouco mais que sóbrio. Ele estava primorosamente trajado com um antigo mas bem cuidado terno preto; havia

---

*   Referência a Robert Burns (1759-1796), poeta escocês, um dos mais célebres autores que se expressaram em *Scots*, língua germânica falada em partes da Escócia e da Irlanda do Norte. (N. T.)

se barbeado pouco antes; utilizava um colarinho de linho; e na mão esquerda carregava uma Bíblia de bolso. De início, não me reconheceu.

"Quem é você a perambular por aqui numa manhã de sábado?", perguntou.

Perdera a conta dos dias. Então o sábado era o motivo para aquele estranho decoro.

Minha cabeça devaneava tanto que não pude formular uma resposta coerente. Mas ele então me reconheceu, e viu que eu estava doente.

"Você trouxe os meus óculos?", perguntou.

Saquei-os do bolso das calças e lhe entreguei.

"Vou pegar seu casaco e o colete", ele disse. "Entre, entre. Puxa, homem, o que você fez com suas pernas? Espera que vou pegar uma cadeira."

Percebi que fora acometido de malária. Sentia febre até os ossos e a noite úmida a intensificara, enquanto meu ombro e os efeitos da fumaça combinados faziam que me sentisse muito mal. Antes que percebesse, Mr. Turnbull me ajudava a tirar a roupa e me punha para dormir em um dos dois armários encostados na parede da cozinha.

Era um camarada realmente miserável, o velho cantoneiro. Sua esposa falecera anos antes, e desde o casamento da filha ele morava sozinho.

Na pior parte daqueles dez dias ele assumiu o fardo dos cuidados de que eu necessitava. Ansiava apenas por ser deixado em paz enquanto a febre seguia o seu curso, e, quando minha pele esfriou novamente, descobri que a crise havia mais ou menos curado o meu ombro. Mas aquilo ainda não era o bastante, pois, embora estivesse fora da cama em cinco dias, precisei de mais tempo para recuperar as pernas.

Ele partia todas as manhãs, deixando-me leite para o dia e deixando a porta trancada; e chegava à noite para se sentar em silêncio no canto da chaminé. Nenhuma alma se aproximou do lugar. Quando eu estava melhorando, não me importunou com uma única pergunta. Várias vezes me estendeu um exemplar do *Scotsman* com dois dias de atraso, e reparei que o interesse pelo Assassinato de Portland Place parecia ter se dissipado. Não havia nenhuma menção a ele, e não encontrei quase nada sobre qualquer coisa, exceto algo chamado Assembleia Geral — alguma festança eclesiástica, imaginei.

Certo dia ele retirou o meu cinto de uma gaveta trancada a chave. "Há um bocado de prata aqui dentro", disse. "É melhor contar para ver se está tudo aí."

Ele nunca sequer perguntou o meu nome. Perguntei se alguém estivera na região fazendo indagações após o meu disfarce como cantoneiro.

"É, um homem de carro. Ele perguntou quem tomou o meu lugar naquele dia e eu tentei sair pela tangente. Mas ele insistiu muito, e aí falei que ele devia estar falando do meu bom irmão de Cleuch, que me deu uma mãozinha. Era um sujeito esquisito, e não dava para entender metade do inglês dele."

Nos últimos dias eu começara a ficar inquieto, e assim que me senti disposto decidi partir. Isso não foi antes do dia 12 de junho, e por sorte um vaqueiro passou levando gado até Moffat. Seu nome era Hislop, um amigo de Turnbull; ele tomou o café da manhã conosco e se ofereceu para me levar com ele.

Fiz com que Turnbull aceitasse cinco libras pelo alojamento, o que não foi fácil. Jamais existiu um ser tão independente. Ele ficou bastante agressivo quando o pressionei, tímido e vermelho, e finalmente apanhou o dinheiro sem agradecer. Quando lhe disse quanto lhe era devedor, ele resmungou algo sobre "um favor pelo outro". Ter-se-ia pensado, pela nossa despedida, que nos separamos indispostos um com o outro. Hislop era uma alma alegre, que papeava o tempo todo ao longo das subidas e descidas do ensolarado vale de Annan. Conversei sobre os mercados de Galloway e os preços das ovelhas, e ele passou a pensar que eu era um pastor daquelas bandas — seja lá quais fossem elas. Minha manta axadrezada e meu velho chapéu, como já disse, brindaram-me com uma excelente aparência teatral escocesa. Mas conduzir gado é um trabalho terrivelmente vagaroso, e levamos quase o dia todo para percorrer vinte quilômetros.

Se eu não carregasse um coração tão ansioso teria desfrutado daquele momento. Fazia um dia azul e brilhante, a paisagem se alternando entre colinas marrons e largas campinas verdejantes, assim como um rumor contínuo de cotovias, maçaricos e cascatas. Mas eu não tinha olhos para o verão, e mesmo poucos ouvidos para a conversa de Hislop, pois, à medida que o fatídico 15 de junho se aproximava, eu me sentia sobrecarregado pela desesperança e pelas dificuldades da minha empreitada.

Jantei alguma coisa em um humilde restaurante de Moffat e caminhei os três quilômetros até o entroncamento da estrada de ferro principal. O expresso noturno rumo ao sul não chegaria antes da meia-noite; para ocupar o tempo, subi a encosta da colina e adormeci, pois a caminhada havia me cansado. Acabei dormindo demais e tive de correr até a estação para apanhar o trem dois minutos antes que partisse. A sensação do estofamento da terceira classe e o aroma de tabaco rançoso me alegraram enormemente. Em todo caso, sentia agora que estava aprendendo a lidar com o trabalho.

* * *

Fiz uma baldeação em Crewe algumas horas depois e tive de aguardar até as seis para tomar o trem para Birmingham.

À tarde cheguei a Reading e peguei um trem local que cruzava as profundezas de Berkshire. Ao final, encontrava-me em uma terra de exuberantes campos irrigados e lentos ribeirinhos juncosos. Às oito da noite, uma cansada criatura, encardida pela viagem — uma mistura de camponês e veterinário —, com uma manta em xadrez preto e branco sobre o braço (pois não ousara usá-la ao sul da fronteira), apeou na pequena estação de Artinswell. Havia muitas pessoas sobre a plataforma, e aguardei até que o lugar estivesse mais livre para enfim pedir orientações.

A estrada conduziu a uma mata de enormes faias, e posteriormente por um vale baixo, com encostas verdes de colinas destacando-se atrás das árvores distantes. Atravessada a Escócia, o ar era pesado e imóvel, mas infinitamente doce, pois os visgos, os castanheiros e os arbustos lilás eram abóbadas florescidas. Enfim cheguei a uma ponte, sob a qual um límpido rio caudaloso fluía entre margens nevadas de ranúnculos-aquáticos. Um pouco acima se encontrava um moinho; e a água impelida produzia um agradável gorgolejo fresco ao perfumado lusco-fusco. De algum modo, o lugar me acalmou e me deixou à vontade. Comecei a assobiar enquanto admirava as profundezas verdes e a melodia que veio à minha mente foi "Annie Laurie".

Um pescador ergueu-se da margem do rio e, ao se aproximar de mim, começou também a assobiar. A melodia era contagiosa, pois ele acompanhava a minha canção. Era um homem robusto de calças velhas e desleixadas e um chapéu de abas largas, com uma bolsa de lona apoiada no ombro. Ele acenou com a cabeça para mim, e pensei que nunca vira um rosto mais arguto e animado. Ele apoiou a delicada vara de pesca contra a ponte e se uniu a mim ao olhar a água.

"Límpida, não é?", ele disse, afável. "Sempre venho aqui para pescar. Olhe aquele grandão. Aposto quatro libras como ele pesa uns trinta gramas. Mas a noite se aproxima, e não é bom provocá-los."

"Não estou vendo", respondi.

"Olhe! Ali! A um metro do junco, logo acima da corredeira."

"Ah, agora vi. Eu podia jurar que era uma pedra negra."

"Então", disse ele, assobiando outro verso de "Annie Laurie". "O nome é Twisdon, não é?", disse ele sobre os ombros, o olhar ainda fixo na correnteza.

"Não", eu disse. "Quero dizer, sim." Eu me esquecera completamente do meu pseudônimo.

"É um sábio conspirador aquele que sabe o próprio nome", comentou com um largo sorriso para um lagópode-escocês que emergiu das sombras da ponte.

Levantei-me e olhei para ele — para a cova da mandíbula quadrada, as fartas sobrancelhas alinhadas e a firme curva da bochecha, e comecei a achar que ali, enfim, encontrara um aliado que valesse a pena. Seus olhos azuis bem-humorados pareciam perscrutar muito fundo.

Subitamente, ele franziu o cenho. "Acho uma desgraça", ele disse, erguendo a voz. "Uma desgraça que um homem capaz como você venha aqui mendigar. Você pode pedir alguma coisa na minha cozinha, mas não vai tirar nenhum dinheiro de mim."

Um cabriolé passava naquele momento, conduzido por um jovem que erguera seu chicote para saudar o pescador. Quando este partiu, o pescador recolheu a sua vara.

"Esta é minha casa", disse, apontando para um portão branco a uma centena de metros à frente. "Espere cinco minutos e então dê a volta até a porta dos fundos." E, com isso, também partiu.

Fiz como ele dissera. Avistei uma bela casa de campo com um gramado que descia até o rio, e uma perfeita floresta de bolas-de-neve e lilases flanqueando o caminho. A porta dos fundos estava aberta e um mordomo austero me aguardava.

"Por aqui, senhor", disse ele, que me conduziu ao longo de um corredor e por um lance de escadas até um quarto agradável com vista para o rio. Lá encontrei um traje completo aguardando por mim — roupas com todos os acessórios, um terno de flanela marrom, camisas, colarinhos, gravatas, utensílios para barbear, escovas de cabelo e até um par de sapatos de verniz. "Sir Walter imaginou que as coisas de Mr. Reggie lhe serviriam, senhor", disse o mordomo. "Ele guarda algumas roupas aqui, pois vem regularmente nos fins de semana. Há um banheiro ao lado, e já preparei um banho quente. O jantar será servido em meia hora, senhor. Assim que soar o gongo."

Retirando-se o mordomo, sentei-me em uma espreguiçadeira de algodão brilhante e bocejei. Era como uma pantomima, passar da mendicância à ordem do conforto. Decerto Sir Walter acreditava em mim, embora não soubesse o porquê. Olhei-me no espelho e vi um sujeito moreno de aspecto selvagem e intratável, com uma barba áspera de duas semanas, poeira nas orelhas e nos olhos, sem colarinho, camisa vulgar, um tweed velho e desigual, e botas que não eram limpas havia pelo menos um mês. Eu dava um ótimo vagabundo e um bom vaqueiro; e ali estava, conduzido por um primoroso servente a um templo de graciosas mordomias. E o melhor de tudo é que ele não sabia sequer o meu nome.

Decidi não me deixar atormentar, mas aceitar os presentes que os deuses ofereciam. Fiz a barba, tomei um banho luxuoso e entrei no terno e na impecável camisa que até que me caíam bem. O espelho então revelou um jovem bem apresentável.

Sir Walter me aguardava em uma sala de jantar com luzes tênues, onde uma pequena mesa circular fora encimada por candelabros de prata. Vê-lo — tão respeitável, firme e seguro, a encarnação da Lei, do governo e de todas as convenções — me pegou de surpresa, e fez com que eu me sentisse um intruso. Ele não sabia a verdade a meu respeito, ou não me trataria daquele modo. Eu simplesmente não poderia aceitar sua hospitalidade sob falsos pretextos.

"Sou mais grato a você do que poderia expressar, mas estou ciente de que preciso deixar as coisas claras", eu disse. "Sou um homem inocente, mas procurado pela polícia. Preciso lhe dizer isso, e não ficarei surpreso se quiser me expulsar."

Ele sorriu. "Tudo bem. Não deixe que isso atrapalhe seu apetite. Sobre essas coisas, conversaremos após o jantar."

Nunca comi com maior satisfação, pois não tivera nada para comer o dia todo além de sanduíches de estrada. Sir Walter me deixou orgulhoso, pois bebemos um bom champanhe e tomamos um excelente e raro vinho do Porto em seguida. Fiquei quase histérico de estar sentado ali, servido por um criado de libré e um mordomo lisonjeiro, e sabendo que passara três semanas como um salteador, com Deus e o mundo contra mim. Falei a Sir Walter sobre o peixe-tigre do rio Zambeze, que conseguia arrancar os dedos de alguém se tivesse a chance, e papeamos sobre a pesca de um canto ao outro do mundo, pois ele a praticara muito em sua mocidade.

Fomos tomar o café no escritório, uma sala agradável repleta de livros, troféus, desordem e conforto. Resolvi que se conseguisse me livrar dos problemas e tivesse uma casa para mim, eu teria uma sala igual àquela. Depois, quando as xícaras de café foram esvaziadas e acendemos nossos charutos, meu anfitrião cruzou as pernas para um dos lados em sua cadeira e pediu que eu começasse a contar a minha história.

"Segui as instruções de Harry", ele disse, "e a moeda de troca que me ofereceu foi que você contaria algo que me deixaria animado. Estou pronto, Mr. Hannay."

Notei com um sobressalto que ele me chamara pelo meu verdadeiro nome.

Comecei do princípio. Falei do meu tédio em Londres, e da noite em que voltara para casa e encontrara Scudder tagarelando à minha porta. Contei tudo o que Scudder me dissera acerca de Karolides e da conferência no Ministério das Relações Exteriores, e aquilo fez com que ele franzisse os lábios e sorrisse.

E então cheguei ao assassinato, e ele ficou sério de novo. Ouviu tudo acerca do leiteiro, da minha temporada em Galloway e da decodificação dos escritos de Scudder na estalagem.

"Você está com eles aí?", perguntou, e respirou profundamente quando saquei o caderninho do bolso.

Nada falei sobre o conteúdo. Em seguida descrevi o meu encontro com Sir Harry e os discursos no auditório. Com isso ele desatou a rir.

"Harry falou muita bobagem, não foi? Posso imaginar. Não há camarada melhor, mas o idiota do tio atulhou sua cabeça de minhocas. Prossiga, Mr. Hannay."

Meu dia como cantoneiro o animou um pouco. Ele me fez descrever com detalhes os dois sujeitos do automóvel e parecia tentar se lembrar deles. Ficou efusivo mais uma vez quando soube do ridículo Jopley.

Mas o velho da casa do páramo o deixou sério mais uma vez. Novamente tive de descrever em mínimos detalhes a sua aparência.

"Ameno, calvo, e que pisca como um pássaro... Ele me parece uma ave de rapina das mais sombrias! E você dinamitou o seu eremitério, depois que ele o salvou da polícia. Mas que proeza inspirada!"

Por fim, cheguei ao termo das minhas errâncias. Ele se levantou vagarosamente e desceu os olhos até mim, ainda sobre o tapete da lareira.

"Pode tirar a polícia da sua cabeça", disse. "Você não está ameaçado pela Justiça deste país."

"Por Deus!", exclamei. "Eles apanharam o assassino?"

"Não. Mas ao longo dos últimos quinze dias eles o descartaram da lista de possibilidades."

"Por quê?", perguntei, impressionado.

"Principalmente porque recebi uma carta de Scudder. Sabia algo acerca desse homem, e ele fez vários trabalhos para mim. Meio excêntrico, meio genial, mas totalmente honesto. O problema dele era sua predileção por jogar sozinho. Isso o inutilizou inteiramente para qualquer Serviço Secreto — uma pena, pois tinha dons incomuns. Penso que era o homem mais corajoso do mundo, pois estava sempre tremendo de medo e, contudo, nada o detinha. Recebi uma carta dele no dia 31 de maio."

"Mas ele já estava morto havia uma semana àquela altura."

"A carta foi escrita e enviada no dia 23. Evidentemente, ele não previra uma morte imediata. Seus comunicados costumavam levar uma semana para chegar até mim, pois eram enviados disfarçadamente até a Espanha, e então para Newcastle. Ele tinha a mania, sabe, de apagar seus rastros."

"O que ele dizia?", gaguejei.

"Nada. Apenas que corria perigo, mas encontrara abrigo com um bom sujeito, e que eu teria notícias antes do dia 15 de junho. Ele não me forneceu um endereço, mas disse que estava morando perto de Portland Place. Penso que sua intenção era livrar você caso algo acontecesse. Quando a recebi, fui até a Scotland Yard, examinei os detalhes da investigação e concluí que você era o amigo dele. Fizemos investigações sobre você, Mr. Hannay, e descobrimos que é um homem respeitoso. Julguei que sabia os motivos do seu desaparecimento — não apenas a polícia, mas os outros também — e, quando recebi os garranchos de Harry, pude adivinhar o resto. Aguardava-o a qualquer momento nesta semana."

Você pode imaginar o fardo que isso tirou da minha cabeça. Sentia-me um homem livre mais uma vez, pois agora estava somente contra os inimigos do meu país, e não contra a Justiça do meu país.

"Agora vejamos o caderninho", disse Sir Walter.

Passou-se bem uma hora até que pudéssemos lê-lo inteiramente. Expliquei a cifra numérica, e ele foi rápido em compreendê-la. Revisou a minha leitura em diversos pontos, mas em geral eu decifrara o código corretamente. Antes de concluir, sua expressão era muito grave, e ele se sentou em silêncio por um tempo.

"Não sei o que fazer com isto", disse por fim. "Ele está certo em uma coisa — o que vai acontecer depois de amanhã. Como ele conseguiu saber disso? Só isso já é muito ruim. Mas toda essa história de guerra e de Pedra Negra soa-me como um melodrama absurdo. Se ao menos eu confiasse mais no julgamento de Scudder. O problema dele é que era romântico demais. Possuía um temperamento artístico e ansiava que a história fosse melhor do que Deus a planejara. Era inclinado a coisas estranhas, também. Os judeus, por exemplo, tiravam-no do sério. Os judeus e as altas finanças.

"A Pedra Negra", repetiu. "*Der Schwarzestein*. Não passa de uma novela barata. E toda essa história acerca de Karolides. É a parte mais fraca da narrativa, pois por acaso sei que o virtuoso Karolides vai sobreviver a nós dois. Não há nação na Europa que deseje vê-lo desaparecer. Além disso, ele apoia apenas Berlim e Viena, e está dando certo trabalho para o meu chefe. Não! Scudder saiu da linha aqui. Francamente, Hannay, não acredito nesta parte da história. Há negócios sujos em andamento, ele descobriu coisas demais e perdeu a vida por elas. Mas estou disposto a jurar que se trata de um trabalho de espionagem rudimentar. Uma certa potência europeia se diverte com seu sistema de espionagem e seus métodos não são muito ortodoxos. Já que pagam por serviço, seus lacaios não se atêm a um simples assassinato ou outro. Eles querem nosso projeto naval para sua coleção da Marinha alemã; mas ele será arquivado — nada mais."

Naquele momento, o mordomo entrou na sala.

"Há um interurbano de Londres, Sir Walter. É Mr. Eath, e ele quer falar diretamente com o senhor."

Meu anfitrião se retirou para atender o telefone.

Retornou pálido cinco minutos mais tarde. "Eu devo todas as desculpas a Scudder", falou. "Karolides foi assassinado com um tiro esta noite pouco depois das sete horas."

OITO
A chegada da Pedra Negra

Desci para tomar o desjejum na manhã seguinte após oito horas de abençoado sono sem sonhos, e encontrei Sir Walter decodificando um telegrama entre brioches e geleias. Sua face rosada do dia anterior parecia levemente descolorida.

"Passei um mau bocado durante a hora em que fiquei ao telefone depois que você foi se deitar", disse. "Consegui que meu superior falasse com o primeiro-ministro e com o ministro da Guerra, e eles estão trazendo Royer um dia mais cedo. Este telegrama atesta isso. Ele estará em Londres às cinco. Estranho que o código para um *Sous-Chef d'État Major-Général** seja 'Leitão'."

Ele me passou os pratos quentes e continuou a falar.

"Não que eu ache que fará grande diferença. Se os seus amigos foram suficientemente espertos para descobrir o que fora inicialmente combinado, serão espertos o suficiente para descobrir a mudança. Daria a vida para saber por onde a informação está vazando. Acreditávamos que houvesse apenas cinco homens na Inglaterra que soubessem da visita de Royer, e você pode estar certo de que na França eram menos, pois eles lidam com essas coisas de modo mais eficiente."

---

* *Sous-Chef d'État Major-Général*: francês para "Subchefe do Estado-Maior". (N. T.)

Enquanto comia ele desatou a falar, e, para minha surpresa, fez de mim alguém da sua total confiança.

"Não se pode alterar o projeto naval?", perguntei.

"Até poderiam", respondeu. "Mas queremos evitar isso na medida do possível. Ele é resultado de uma enorme reflexão, e nenhuma modificação o tornará tão eficiente. Além disso, alterá-lo em um ponto ou outro é simplesmente impossível. Ainda assim, algo poderia ser feito, suponho eu, caso fosse absolutamente necessário. Mas você vê a complicação, Hannay. Nossos inimigos não serão tão tolos a ponto de furtar os planos de Royer, ou qualquer coisa tão pueril. Eles sabem o confronto implicado nisso, e que isso nos deixaria alertas. Seu objetivo é obter detalhes sem percebermos, de modo que Royer retorne a Paris na crença de que o negócio todo é ainda um segredo absoluto. Se não puderem fazer isso, eles perderão, pois, uma vez que suspeitemos de algo, saberão que tudo será modificado."

"Então devemos ficar ao lado do francês até que ele volte para casa", falei. "Se achassem que obteriam os dados em Paris, eles teriam tentado lá. Isso significa que possuem um plano bem elaborado em curso para Londres, com o qual imaginam ter sucesso."

"Royer vai jantar com o meu superior, e em seguida virá à minha casa, onde quatro pessoas conversarão com ele — Whittaker, do comando da Marinha, eu, Sir Arthur Drew e o general Winstanley. O primeiro-ministro está doente e partiu para Sheringham. Em minha casa, Royer receberá um documento de Whittaker, e depois disso será levado de automóvel até Portsmouth, onde um destróier irá levá-lo a Le Havre. Sua jornada é importante demais para que viaje de trem até o navio. Ele não ficará um instante sozinho até que esteja a salvo em solo francês. O mesmo se dará com Whittaker, até que encontre Royer. É o melhor que podemos fazer, e é difícil imaginar algum malogro. Mas não me importo em admitir que estou aterrorizado. Esse assassinato de Karolides cairá como uma danação para os chanceleres da Europa."

Após o café ele me perguntou se eu sabia dirigir.

"Bem, você será o meu motorista hoje, e usará o uniforme de Hudson. A sua estatura é parecida com a dele. Você está mergulhado nisso, e não correremos nenhum risco. Homens desesperados estão atrás de nós, e eles não respeitarão a licença de um oficial extenuado."

Quando cheguei a Londres pela primeira vez, comprei um carro e me diverti percorrendo o sul da Inglaterra, portanto conhecia um pouco da sua geografia. Levei Sir Walter até a cidade pela estrada de Bath e fiz um bom serviço. Era uma agradável manhã de junho, com sinais de mormaço mais tarde, mas era delicioso subir e descer atravessando cidadezinhas com suas ruas recém-lavadas e passar pelos jardins de verão do vale do Tâmisa. Deixei Sir Walter em sua casa, em Queen Anne's Gate, precisamente às onze e meia da manhã. O mordomo vinha de trem com a bagagem.

A primeira coisa que fez foi me levar até a Scotland Yard. Lá vimos um cavalheiro afetado e de barba benfeita, com cara de advogado.

"Estou trazendo o assassino de Portland Place", foi a apresentação de Sir Walter.

Um sorriso torto foi a resposta. "Teria sido um presente bem-vindo, Bullivant. Este, presumo, é Mr. Richard Hannay, que por alguns dias interessou muito ao nosso departamento."

"Mr. Hannay irá interessá-lo mais uma vez. Ele tem muito a lhe dizer. Mas hoje não. Por algumas razões sérias seu relato precisará aguardar vinte e quatro horas. E, então, prometo que você ficará entretido e, possivelmente, encorajado.

Quero que garanta a Mr. Hannay que ele não sofrerá maiores dissabores."

A garantia foi declarada prontamente. "Você pode retomar sua vida de onde a deixou", me disseram. "Seu apartamento, que provavelmente não desejará mais ocupar, está à sua espera, e seu criado ainda se encontra lá. Como você não foi nunca acusado publicamente, consideramos que não haverá necessidade de retratações públicas. Mas isso, é claro, cabe a você decidir."

"Talvez precisemos da sua ajuda mais tarde, MacGillivray", concluiu Sir Walter no momento em que nos retiramos.

Depois disso, ele me liberou.

"Venha me ver amanhã, Hannay. Não preciso dizer que deve guardar segredo absoluto. Se fosse você, iria para a cama, pois você deve estar com o sono bem atrasado. E é melhor que não chame atenção, pois, se um dos seus amigos da Pedra Negra o encontrar, terá problemas."

* * *

Senti-me desorientado. A princípio foi muito agradável voltar a ser um homem livre e poder ir aonde quisesse sem temores. Estivera apenas por um mês sob a excomunhão da Justiça, e fora o suficiente. Dirigi-me ao Savoy e pedi com discrição um excelente almoço, depois fumei o melhor charuto da casa. Mas ainda me sentia irritado. Quando via alguém me fitando no saguão, ficava tímido e imaginava se estavam pensando no assassinato.

Depois disso, apanhei um táxi e percorri quilômetros até a zona norte de Londres. Cruzei campos, linhas de trem em vilarejos, terraços, cortiços e ruas soturnas, e nisso passei umas duas horas. Enquanto isso, meu desassossego só piorava. Sentia que coisas muito grandes, coisas tremendas, estavam acontecendo ou prestes a acontecer, e eu, uma engrenagem da história toda, fora excluído. Royer deveria estar desembarcando em Dover, Sir Walter teceria planos com os poucos da Inglaterra que sabiam do segredo, e em algum lugar obscuro a Pedra Negra estaria em operação. Tive noção do perigo e da calamidade iminentes, e fui tomado também pelo sentimento curioso de que eu poderia impedi-los sozinho, e sozinho poderia atracar-me com eles. Mas agora me encontrava fora do jogo. Como poderia ser diferente? Não era muito provável que o gabinete dos ministros, os lordes e os generais da Marinha me admitissem em suas reuniões.

Na verdade, comecei a desejar que pudesse ir atrás de um dos meus três inimigos. Isso teria consequências. Ansiava enormemente travar uma briga feia com aquela gente, poder atacar algo e enfraquecer alguma coisa. Estava, muito rapidamente, ficando com um temperamento terrível.

Não senti vontade de retornar ao meu apartamento. Teria de fazer isso em algum momento, mas, como ainda tinha dinheiro suficiente, pensei que poderia postergar até a manhã seguinte e passar a noite em um hotel.

Minha irritação permaneceu durante o jantar, que fiz em um restaurante em Jermyn Street. Não sentia mais fome, deixei de provar diversos pratos. Bebi a maior parte de uma garrafa de borgonha, o que de nada valeu para me animar. Uma abominável inquietude tomara posse de mim. Ali estava um sujeito muito comum, sem uma inteligência notável, mas ainda assim convencido de que era imprescindível para que o negócio fosse bem-sucedido — de que sem mim tudo iria pelos ares. Disse a mim mesmo que aquilo era uma presunção tola, que quatro ou cinco das pessoas mais inteligentes que há, com todo o poder do Império Britânico para apoiá-las, tinham a tarefa nas mãos. Mesmo assim, não me convenci. Era como se uma voz continuasse sussurrando no meu ouvido, mandando que me mexesse ou jamais dormiria de novo.

Como resultado, às nove e meia decidi ir até Queen Anne's Gate. Muito provavelmente não seria recebido, mas aliviaria minha consciência se tentasse.

Desci a Jermyn Street, e na esquina com a Duke Street cruzei com um grupo de jovens. Estavam vestidos para sair, haviam jantado em algum lugar, e se dirigiam a um teatro de variedades. Um deles era Mr. Marmaduke Jopley.

Ele me reconheceu e estacou imediatamente.

"Por Deus, o assassino!", exclamou. "Aqui, amigos, detenham-no! Este é Hannay, o homem que cometeu o Assassinato de Portland Place!" Ele me agarrou pelo braço e os outros se apinharam em volta de nós.

Eu não estava à procura de encrenca, mas minha irritação me fez bancar o tolo. Um policial se aproximou e eu deveria ter contado a ele a verdade; caso não acreditasse, exigiria que me levasse até a Scotland Yard, ou ao menos até a delegacia mais próxima. Mas uma demora naquele instante pareceu-me intolerável, e a visão do rosto imbecil de Marmie foi demais para mim. Eu consegui desvencilhar o meu braço esquerdo e tive a satisfação de vê-lo medir a sua altura até a sarjeta.

Foi então que começou a maldita algazarra. Estavam todos em cima de mim e o policial ganhou a retaguarda. Consegui desferir um ou dois bons socos, pois acredito que, jogando limpo, eu teria derrubado todos eles, mas o guarda me segurou por trás e um deles agarrou a minha garganta com os dedos.

Através da nuvem negra de fúria escutei o oficial da lei perguntar qual era o problema, e Marmie, entre os dentes quebrados, declarou que eu era Hannay, o assassino.

"Ah, aos diabos com vocês", bradei, "cale a matraca desse sujeito. Eu aconselho você a me deixar em paz, seu guarda. A Scotland Yard sabe tudo sobre mim, e você será devidamente repreendido se quiser se meter comigo."

"Você terá de me acompanhar, meu jovem", disse ele. "Eu o vi dar um soco daqueles no cavalheiro. Além disso, foi você quem começou, pois ele não estava fazendo nada. Eu vi. É melhor que fique quieto, ou irei endireitá-lo."

A exasperação e um sentimento esmagador de que de modo algum eu deveria me atrasar me deram a força de um elefante. Derrubei o oficial, atirei longe o homem que agarrava o meu colarinho e corri o máximo que pude pela Duke Street. Ouvi um apito e o avanço de vários homens atrás de mim.

Sabia correr, e naquela noite eu tinha asas. Num instante estava em Pall Mall e dobrara até o St. James Park. Esquivei--me do policial nos portões do palácio, mergulhei em meio a um aglomerado de carruagens ao entrar no Mall, e tentava alcançar a ponte antes que meus perseguidores cruzassem a avenida. Nos largos caminhos do parque, aligeirei o passo ainda mais. Felizmente, havia poucas pessoas por ali e ninguém tentou me deter. Apostava todas as fichas em conseguir chegar a Queen Anne's Gate.

Quando adentrei aquela silenciosa via pública, ela parecia deserta. A casa de Sir Walter ficava na parte mais estreita, e do lado de fora três ou quatro automóveis estavam estacionados. Diminuí a velocidade alguns metros depois e caminhei enérgico até a porta. Se o mordomo proibisse a minha entrada, ou mesmo se se atrasasse em abrir a porta, eu estava perdido.

Ele não se atrasou. Mal tocara a campainha quando a porta foi aberta.

"Preciso ver Sir Walter", falei ofegante. "É assunto de suma importância."

---

* Rua de Londres que dá acesso ao Palácio de Buckingham. (N. T.)

O mordomo era um grande homem. Sem mover um músculo, ele manteve a porta aberta e em seguida trancou-a atrás de mim. "Sir Walter está ocupado, senhor, e tenho ordens para não receber ninguém. Talvez seja preciso esperar."

A casa era das mais tradicionais, com um grande *hall* e salas que partiam de ambos os lados. Ao fundo, havia uma alcova com um telefone e duas cadeiras, e ali o mordomo solicitou que eu me sentasse.

"Olhe aqui", sussurrei. "Está havendo um problema, e estou envolvido. Mas Sir Walter está a par, e trabalho para ele. Se alguém vier e perguntar se eu me encontro aqui, diga uma mentira qualquer."

Ele aquiesceu, e num instante ouviu-se uma balbúrdia de vozes na rua e um toque furioso na campainha. Nunca admirei tanto alguém quanto aquele mordomo. Ele abriu a porta e, com a face de uma estátua esculpida, aguardou ser questionado. Ele lhes contou de quem era aquela casa e quais eram suas ordens, e os deixou simplesmente paralisados na soleira da porta. Da minha alcova pude acompanhar tudo, e foi melhor que qualquer peça teatral.

* * *

Não tive de aguardar muito até escutar outro toque na campainha. O mordomo não hesitou em admitir este novo visitante.

Enquanto retirava seu sobretudo, pude ver quem era. Não se pode abrir um jornal ou uma revista sem topar com seu rosto — a barba grisalha aparada como uma pá, a firme boca combativa, o torpe nariz quadrado e os sagazes olhos azuis. Reconheci o primeiro lorde do Almirantado, o homem que, segundo dizem, construía a nova Marinha Real Britânica.

Ele cruzou a minha alcova e se apressou até a sala nos fundos do hall. Quando a porta se abriu, pude discernir o som de vozes baixas. Ao fechar-se, estava sozinho novamente.

Por vinte minutos permaneci sentado, imaginando o que deveria fazer em seguida. Ainda estava inteiramente convencido de que eu era necessário, mas sem saber quando ou como. Permanecia de olhos no relógio e, quando o tempo se arrastou até as dez e meia, comecei a pensar que a conferência logo terminaria. Em quinze minutos Royer deveria estar correndo pela estrada de Portsmouth...

Naquele momento ouvi um toque na campainha e o mordomo apareceu. A porta da sala dos fundos foi aberta para a saída do primeiro lorde do Almirantado. Ao passar por mim, olhou na minha direção, e por um segundo cruzamos nossos olhares.

Foi apenas um instante, mas o suficiente para fazer o meu coração disparar. Jamais vira aquele grande homem e ele jamais me vira. Mas naquela fração de tempo algo despertou em seus olhos, e este algo foi um reconhecimento. Não é possível haver engano. Era uma centelha, uma chispa de luz, uma brevíssima alteração que queria dizer uma coisa, e apenas uma. Surgiu involuntariamente, pois se foi em um momento, e ele prosseguiu. Em uma turbamulta de pensamentos desencontrados, ouvi a porta da rua ser fechada atrás dele.

Apanhei a agenda telefônica e procurei o número da sua casa. No mesmo instante a ligação foi completada e ouvi a voz do criado.

"Sua Senhoria se encontra em casa?", perguntei.

"Sua Senhoria chegou há meia hora", respondeu a voz, "e já foi se deitar. Ele não se encontra muito bem hoje. Quer deixar um recado, senhor?"

Desliguei e quase desabei na cadeira. Meu papel nesta história ainda não havia terminado. Por pouco quase o perdera, mas conseguira chegar a tempo.

Não podia perder um instante e marchei ousadamente até a porta, entrando sem bater.

Cinco rostos surpresos se ergueram da mesa redonda. Lá estava Sir Walter, e Drew, o ministro da Guerra, que reconheci de fotos. Havia um homem magro e idoso, provavelmente Whittaker, o comandante da Marinha, e o general Winstanley, que se destacava por uma longa cicatriz na testa. Por fim, havia um homem baixo e robusto com um bigode cinza-escuro e espessas sobrancelhas, que fora interrompido no meio da frase.

O rosto de Sir Walter revelou surpresa e incômodo.

"Este é Mr. Hannay, de quem lhes falei", disse, desculpando-se com o grupo. "Hannay, eu sinto que a visita seja em hora pouco apropriada."

Eu estava recobrando a calma. "Isto veremos, Sir Walter", falei, "mas acredito que seja na hora exata. Em nome de Deus, cavalheiros, digam-me quem saiu há um minuto."

"Lorde Alloa", respondeu Sir Walter, enrubescendo de raiva.

"Não foi", exclamei. "Era alguém idêntico a ele, mas não era lorde Alloa. Era alguém que me reconheceu, alguém que vi no último mês. Mal acabara de sair quando liguei para a casa de lorde Alloa e fui informado de que ele havia chegado meia hora antes e já fora para a cama."

"Quem... quem...", alguém balbuciou.

"A Pedra Negra", exclamei. Sentei-me na cadeira há pouco desocupada e olhei para os cinco cavalheiros apavorados.

NOVE

Os trinte e nove degraus

"Que absurdo!", falou o oficial da Marinha.

Sir Walter se levantou e deixou a sala, enquanto apáticos fitávamos a mesa. Ele retornou dez minutos depois com uma expressão carrancuda. "Falei com Alloa", disse. "Tirei-o da cama — muito zangado. Foi direto para casa depois de jantar com Mulross."

"Mas isso é uma loucura", irrompeu o general Winstanley. "Você quer me dizer que aquele homem veio aqui e se sentou ao meu lado durante meia hora e que não reconheci a fraude? Alloa deve estar louco."

"Vocês não veem a astúcia disso?", disse eu. "Vocês estavam interessados demais em outras coisas para perceber. Receberam Alloa sem pestanejar. Se fosse qualquer outro poderiam ter prestado mais atenção, mas era natural que ele estivesse aqui, e isso os deixou desarmados."

E então o francês tomou a palavra, muito lentamente e em um inglês fluente.

"O jovem está certo. Sua psicologia é boa. Nossos inimigos não têm sido tolos!"

Ele inclinou suas sobrancelhas argutas sobre o grupo.

"Vou lhes contar uma história", prosseguiu. "Aconteceu há muitos anos no Senegal. Fui aquartelado em um posto remoto, e para passar o tempo costumava ir pescar barbilhos no rio. Uma pequena égua árabe costumava carregar minha cesta de almoço — uma daquelas baias espertas que se conseguiam em Timbuktu nos velhos tempos. Bem, certa manhã eu estava entretido na pesca e a égua se mostrava muito inquieta. Podia ouvi-la choramingando, guinchando e batendo as patas, e eu a acalmava com minha voz enquanto minha cabeça estava concentrada nos peixes. Pensava que podia vê-la todo o tempo pelo canto dos olhos, amarrada a uma árvore a uns vinte metros de distância. Duas horas depois comecei a pensar em comida. Reuni a pesca em uma bolsa impermeável e desci a margem seguindo a correnteza na direção da égua, puxando a linha com a carretilha. Quando cheguei até ela atirei a bolsa impermeável nas suas costas..."

Ele silenciou e olhou em redor.

"Foi o cheiro que me alertou. Virei a cabeça e vi um leão a um metro de distância... Um velho comedor de homens, o terror do vilarejo... O que restava da égua, uma massa de sangue, ossos e pele, estava atrás dele."

"O que aconteceu?", perguntei. Eu era um caçador bom suficiente para reconhecer uma história verdadeira quando ouvia uma.

"Enfiei a minha vara de pescar em seus dentes e apanhei a pistola. Meus criados apareceram logo em seguida com rifles. Mas ele deixou uma marca em mim." Ele ergueu uma mão com três dedos a menos.

"Considerem", disse. "A égua estava morta havia mais de uma hora e a fera estivera me observando pacientemente desde então. Não vi o abate, pois estava acostumado à lamúria da égua, e nunca atentei para sua ausência, pois minha consciência dela não passava de algo castanho, e o leão preencheu essa lacuna. Se pude deixar isso passar, cavalheiros, em uma terra onde os sentidos de um homem são aguçados, por que nós, cavalheiros urbanos, ocupados e preocupados, não nos enganaríamos também?"

Sir Walter aquiesceu. Ninguém estava disposto a contrariá-lo.

"Mas não compreendo", retomou Winstanley. "O objetivo deles era obter as nossas formações militares sem que soubéssemos disso. Agora bastou que um de nós mencionasse a Alloa a nossa reunião para que a fraude toda fosse desvelada."

Sir Walter sorriu com amargura. "A escolha de Alloa revela a perspicácia deles. Quem de nós poderia falar com ele sobre esta noite? Ou qual a probabilidade de ele tocar no assunto?"

Lembrei-me da reputação misantrópica e irritadiça do primeiro lorde do Almirantado.

"A única coisa que me intriga", disse o general, "é que utilidade teria essa visita para o espião? Ele não poderia levar consigo várias páginas de imagens e nomes estranhos na cabeça."

"Isso não representa um empecilho", respondeu o francês. "Um bom espião é treinado para ter uma memória fotográfica. Como o seu próprio Macaulay. Você reparou como ele nada disse, mas percorreu estas páginas muitas e muitas vezes. Penso que podemos presumir que ele possui todos os detalhes gravados na memória. Quando eu era jovem conseguia realizar o mesmo truque."

"Bem, suponho que não há nada a fazer além de mudar os nossos planos", disse Sir Walter com melancolia.

Whittaker parecia muito aborrecido. "Você contou a lorde Alloa o que aconteceu?", perguntou. "Não? Bem, não posso falar com absoluta certeza, mas estou quase convencido de que não poderemos proceder a uma mudança radical a não ser que alteremos a geografia da Inglaterra."

"Outra coisa precisa ficar registrada", foi Royer quem tomou a palavra. "Falei abertamente enquanto aquele homem estava aqui. Abordei coisas dos planos militares do meu governo. Senti-me autorizado a falar tanto. Mas essa informação vale milhões aos nossos inimigos. Não, meus amigos, não vejo outra saída. O homem que veio aqui e seus aliados precisam ser apanhados, e apanhados imediatamente."

"Oh, Deus", suspirei, "e não temos a menor pista de como fazê-lo."

"E ademais", completou Whittaker, "há os Correios. A esta altura as informações já devem estar a caminho."

"Não", respondeu o francês. "Vocês não compreendem os hábitos de um espião. Ele obtém pessoalmente sua recompensa e envia pessoalmente suas informações. Nós, da França, entendemos alguma coisa dessa classe. Ainda há uma chance, *mes amis*. Esses homens precisam atravessar o mar, e há barcos a procurar e portos para vigiar. Acreditem, trata-se de uma condição desesperadora tanto para a França quanto para a Grã-Bretanha."

O bom-senso e a seriedade de Royer parecem ter nos mobilizado. Ele era o homem de ação em meio aos hesitantes. Mas não enxerguei esperança em sua expressão, tampouco a senti. Onde, dentre os cinquenta milhões que habitam estas ilhas e dentro de doze horas, poríamos as mãos nos três patifes mais inteligentes da Europa?

* * *

E, de súbito, eu tive uma ideia.

"Onde está o caderno de Scudder?", exclamei a Sir Walter. "Rápido, homem, eu me lembro de algo."

Ele destravou a gaveta de uma cômoda e o entregou.

Encontrei o lugar. *Os trinta e nove degraus*, li, e mais uma vez, *Os trinta e nove degraus, eu os contei* — maré cheia, 10h17 da noite.

O homem da Marinha me fitava como se eu tivesse ficado louco.

"Vocês não veem que se trata de uma pista?", gritei. "Scudder sabia onde esses sujeitos se escondiam — ele sabia por onde eles deixariam o país, embora tenha guardado o nome para si. Amanhã é o dia, e será em algum lugar onde a maré cheia será às 10h17 da noite."

"Eles podem ter partido esta noite", alguém disse.

"Eles não. Eles têm a sua própria via secreta e cômoda, e não se apressarão. Conheço os alemães, e são loucos para se ater a um plano. Com mil diabos, onde poderei conseguir um livro com uma Tabela de Marés?"

Whittaker se animou. "Há uma chance", disse ele. "Vamos agora até a Marinha."

Dividimo-nos em dois automóveis — todos nós, exceto Sir Walter, que rumou até a Scotland Yard — para "mobilizar MacGillivray", nas palavras dele.

Apertamos o passo entre corredores vazios e grandes salas vazias de que faxineiras se ocupavam, até chegarmos a uma pequena sala repleta de livros e de mapas. Um secretário residente veio até nós, enviado prontamente da biblioteca de Tabelas de Marés da Marinha. Sentei-me a uma escrivaninha e os outros me rodearam, pois de alguma maneira eu passara à liderança daquela expedição.

Más notícias. Havia centenas de registros e, pelo que podia ver, às 10h17 a maré cheia se daria em cinquenta lugares. Precisávamos encontrar um modo de refinar as possibilidades.

Apoiei a cabeça nas mãos e pensei. Devia haver um modo de decifrar a charada. O que Scudder queria dizer com degraus? Pensei nos degraus de uma doca, mas, se era isso o que ele quis dizer, não acredito que teria mencionado um número. Devia ser um lugar repleto de escadas, com uma delas despontando entre as outras por ter trinta e nove degraus.

E então tive um pensamento súbito e fui à procura de todos os barcos a vapor em operação. Não havia nenhum que zarpasse rumo ao continente às 10h17 da noite.

Por que a maré cheia era importante? Caso se tratasse de um porto, devia ser algum lugar pequeno no qual a maré importava, ou, senão, um barco de grande porte. Mas não havia barcos a vapor regulares que partiriam àquela hora, e de qualquer modo eu não achava que eles viajariam com um grande navio a partir de um porto qualquer. Assim, devia ser algum porto pequeno onde a maré importava, ou talvez um lugar sem porto algum.

Mas, caso fosse um porto pequeno, não conseguia entender por que os degraus importavam. Não havia nenhuma escadaria nos portos que conhecera. Devia ser algum lugar onde havia uma escada específica identificada e onde a maré estaria cheia às 10h17. De modo geral, parecia-me que o lugar se localizava em uma porção aberta da orla. Mas os degraus continuavam a me intrigar.

Dali passei a considerações mais amplas. Por qual local um homem teria mais probabilidade de partir para a Alemanha, um homem às pressas que ansiasse por rapidez e uma via secreta? Por nenhum dos grandes portos. E não pelo canal da Mancha, pela costa oeste ou pela Escócia, pois, lembre-se, ele partia de Londres. Medi as distâncias e tentei me pôr no lugar do inimigo. Eu o faria através de Ostend, Antuérpia ou Roterdã, e navegaria a partir de algum lugar da costa leste, entre Cromer e Dover.

Tratava-se de uma conjectura muito arbitrária, e não supunha que fosse genial ou científica. Eu não era nenhum Sherlock Holmes, mas sempre julguei ter uma espécie de instinto para essas coisas. Não sei se conseguiria explicar, mas recorria ao meu raciocínio até onde era possível, e, após ele chegar a um beco sem saída, eu tentava adivinhar, e então descobria que meus palpites eram bem acurados.

Assim, registrei as minhas conclusões em um pedaço de papel da Marinha. Elas eram mais ou menos assim:

QUASE CERTO

1. Um lugar onde há vários lances de escada; um que seja relevante, destacando-se por ter trinta e nove degraus.
2. Maré cheia às 10h17 da noite. Partida possível apenas com a maré cheia.
3. Os degraus não são os de uma doca, e portanto o lugar provavelmente não é um porto.
4. Nenhum barco a vapor regular zarpando às 10h17. O que significa que o transporte deve ser em um navio mercante (improvável), um iate ou um barco de pesca.

Aqui, minhas reflexões cessaram. Fiz outra lista, que intitulei "Conjecturas", mas estava tão certo de uma lista quanto da outra.

CONJECTURAS

1. O lugar não é um porto, mas uma baía.
2. Barco pequeno — traineira, iate ou barco a motor.
3. Lugar em algum ponto na costa leste entre Cromer e Dover.

Dei comigo pensando na estranheza de estar sentado a uma escrivaninha com um ministro e um marechal de campo, dois altos oficiais do governo e um general francês me observando, enquanto, dos rabiscos de um homem morto, eu tentava desencavar um segredo que resultaria em vida ou morte para nós.

Sir Walter se uniu a nós, e em seguida MacGillivray chegou. Ele expedira instruções para vigiarem os portos e as estações de trem à procura dos três homens que eu descrevera a Sir Walter. Não que ele ou qualquer outro pensasse que isso adiantaria muita coisa.

"Eis tudo o que consegui", falei. "Precisamos encontrar um lugar onde haja diversas escadas que cheguem até a praia, e que uma delas tenha trinta e nove degraus. Penso que seja uma porção de uma baía com grandes promontórios, em algum lugar entre Wash e o canal da Mancha. E, ainda, trata-se de um lugar cuja maré cheia seja às 10h17 da noite de amanhã."

E, então, ocorreu-me uma ideia. "Não há um inspetor da Guarda Costeira, ou algo do tipo, que conheça a costa leste?"

Whittaker disse que sim, e que ele morava em Clapham. Ele partiu de carro para trazê-lo, e o restante de nós se sentou em uma pequena sala e conversamos sobre o que passava em nossa cabeça. Acendi um cachimbo e revirei tudo novamente até que ficasse com a mente exaurida.

Por volta da uma da madrugada o homem da Guarda Costeira chegou. Era um velho simpático, com a aparência de um oficial da Marinha, e foi desesperadamente respeitoso com o grupo. Eu deixei que o ministro da Guerra o entrevistasse, pois sentia que ele acharia um atrevimento se eu o fizesse.

"Queremos que nos diga os lugares que conhece da costa leste onde haja promontórios, e diversos lances de escadas que chegam até a praia."

Ele pensou um pouco. "De que tipo de escadas está falando, senhor? Há uma série de lugares com estradas que recortam despenhadeiros, e a maior parte delas possui um ou dois degraus. Ou está falando de escadas comuns — com vários degraus, por assim dizer?"

Sir Arthur se voltou para mim. "Estamos falando de escadas comuns", respondi.

Ele refletiu por um ou dois minutos. "Não creio que me lembre de algum. Espere um segundo. Há um lugar em Norfolk — Brattlesham —, ao lado de um campo de golfe, onde há duas escadas por onde os cavalheiros costumam ir atrás de bolas perdidas."

"Não é o caso", respondi.

"Então há uma série de Retiros Militares, se é o que quer dizer. Toda estância à beira-mar possui um."

Balancei a cabeça. "É preciso que seja um lugar mais isolado que este", sentenciei.

"Bem, cavalheiros, não consigo pensar em outro lugar. Logicamente, há o Ruff..."

"O que é isto?", perguntei.

"O grande pontal calcário em Kent, perto de Bradgate. Há um apinhado de casas no cume e algumas das casas possuem escadas que conduzem a praias particulares. É um lugar de alta classe, e os residentes de lá costumam ser bastante reservados."

Abri diligente a Tabela de Marés e encontrei Bradgate. A maré cheia por lá seria às 10h27 da noite no dia 15 de junho.

"Enfim temos uma pista", exclamei exaltado. "Como poderei descobrir qual a maré cheia em Ruff?"

"Isto eu posso lhe dizer, senhor", disse o homem da Guarda Costeira. "Uma vez aluguei uma casa lá neste mesmo mês, e costumava sair à noite para pescar em alto-mar. A maré cheia era dez minutos antes da de Bradgate."

Fechei o livro e varri os olhos pelo grupo.

"Se uma das escadas possuir trinta e nove degraus, solucionamos o mistério, cavalheiros", declarei. "Quero pedir o seu carro emprestado, Sir Walter, e um mapa rodoviário. Se Mr. MacGillivray puder me conceder dez minutos, creio que podemos providenciar algo para amanhã."

Era ridículo que eu tomasse a dianteira do assunto desse jeito, mas eles não pareciam se importar; afinal de contas, eu estivera metido naquilo desde o começo. Ademais, estava acostumado a trabalhos pesados, e aqueles distintos cavalheiros eram espertos demais para não reconhecer isso. Foi o general Royer quem me delegou a tarefa. "Quanto a mim", disse, "fico contente de deixar o assunto nas mãos de Mr. Hannay."

Por volta das três e meia eu recortava as cercas vivas de Kent sob a luz do luar, com o homem de confiança de Mac-Gillivray no assento ao meu lado.

DEZ
Vários grupos
se aproximando no mar

Uma manhã rosa-azulada de junho me encontrou em Bradgate, contemplando um mar tranquilo do Hotel Griffin. Olhando em direção a um farol flutuante sobre Cock Sands, que parecia do tamanho de uma boia com sino. Bem próximo da costa, a uns três quilômetros mais para o sul, um pequeno destróier estava ancorado. O homem de MacGillivray, Scaife, fora da Marinha, conhecia a embarcação, e me disse o seu nome e o do seu comandante, e deste modo despachei um telegrama a Sir Walter.

Após o café da manhã, Scaife apanhou uma chave dos portões das escadarias de Ruff com um corretor de imóveis. Eu caminhei com ele ao longo da areia e me sentei em um abrigo no promontório, enquanto ele investigava meia dúzia de outros locais no entorno. Eu não queria ser visto, mas o lugar naquele momento estava bastante deserto, e durante todo o tempo em que estivera na praia não vira nada além das gaivotas.

O trabalho lhe tomou mais de uma hora, e, quando o vi retornando na minha direção, preenchendo um pedaço de papel, posso dizer que fiquei com o coração na boca. Como você sabe, tudo dependia da confirmação de uma conjectura minha.

Ele leu em voz alta o número de degraus em diferentes escadas. "Trinta e quatro, trinta e cinco, trinta e nove, quarenta e dois, quarenta e sete", e "vinte e um", onde os desfiladeiros eram menores. Quase me levantei e gritei.

Apressamo-nos de volta para a cidade e enviamos um telegrama a MacGillivray. Queria meia dúzia de homens, e queria que se dividissem entre diferentes hotéis específicos. Depois, Scaife partiu para examinar a casa encimada pelos trinta e nove degraus.

Ele retornou com notícias que ao mesmo tempo me intrigaram e me tranquilizaram. A casa se chamava Morada Trafalgar e pertencia a um velho senhor chamado Appleton — um corretor aposentado, segundo o agente imobiliário. Mr. Appleton estivera ali por grande parte do verão e se encontrava em casa naquele momento — estivera durante quase toda a semana. Scaife obteve poucas informações acerca dele, além de ser um senhor muito honesto, que pagava seus impostos com regularidade e estava sempre disposto a doar para instituições beneficentes. Depois, Scaife parece ter acessado a casa pela porta dos fundos, fingindo ser um vendedor de máquinas de costura. Apenas três criados serviam a casa — uma cozinheira, uma copeira e uma arrumadeira — e eram exatamente do tipo que se encontraria em uma residência respeitável de classe média. A cozinheira não era do tipo falador e logo bateu a porta em sua cara, mas Scaife disse que estava certo de que ela não sabia nada. Ao lado havia uma casa que forneceria boa cobertura para vigilância, e do outro lado havia uma casa de praia abandonada, com o jardim descuidado e coberto de arbustos.

Tomei emprestado o telescópio de Scaife e antes do almoço fiz uma caminhada por Ruff. Mantive-me muito atrás da fileira de casas, e descobri um bom ponto de observação às margens de um campo de golfe. Lá obtinha a vista da faixa de grama que percorria o topo do promontório, com bancos dispostos entre intervalos, e os pequeninos lotes quadrangulares divididos e providos de arbustos, de onde as escadas desciam até a praia. Podia ver a Morada Trafalgar muito nitidamente, uma casa de tijolos vermelhos com uma varanda, uma quadra de tênis atrás, e na frente o tradicional jardim de flores à beira-mar, repleto de margaridas e de gerânios esquálidos. Havia um mastro onde uma enorme bandeira do Reino Unido fora hasteada, límpida contra o ar imóvel.

Logo depois vi alguém sair da casa e vaguear pelo promontório. Quando dirigi para lá o telescópio, vi que era um senhor idoso, vestindo calças brancas de flanela, um casaco de sarja azul e um chapéu de palha. Ele carregava um binóculo e um jornal, sentou-se em um dos banquinhos de ferro e começou a ler. Às vezes largava o jornal e observava o mar. Olhou o destróier durante um longo tempo. Eu o observei durante meia hora, até que se levantasse e voltasse a entrar na casa para o seu almoço, e retornei ao meu hotel para desfrutar do meu.

Não me sentia muito seguro. Aquela residência comum e decente não era o que eu esperava. O homem poderia ser o arqueólogo calvo da terrível fazenda no páramo, como poderia não ser. Era exatamente a espécie de sujeito satisfeito que se encontra em todos os subúrbios e em qualquer estância de férias. Caso procurasse um tipo de sujeito perfeitamente inofensivo, você provavelmente apanharia este.

Mas, após o almoço, enquanto estava sentado na varanda do hotel, animei-me ao ver algo pelo qual esperava e que temia perder. Um iate se aproximou pelo sul e lançou âncora bem do lado oposto de Ruff. Ele parecia ter cerca de cento e cinquenta toneladas e vi que pertencia à esquadra inglesa, por sua insígnia branca. Assim, Scaife e eu descemos até o cais e contratamos um barqueiro para uma pesca vespertina.

Passei uma tarde morna e pacífica. Ao todo, pescamos cerca de nove quilos de bacalhau e pescada, e daquele balançante mar azul eu consegui uma perspectiva mais vantajosa da situação. Sobre os promontórios brancos de Ruff observei o vermelho e o verde das casas, e em especial o grande mastro da Morada Trafalgar. Por volta das quatro horas, após pescarmos o suficiente, pedi ao barqueiro que rodeássemos o iate, que pousava na água como um delicado pássaro branco preparado para levantar voo a qualquer momento. Scaife afirmou que, por sua constituição, devia ser um barco veloz e estava bem aparelhado.

Seu nome era *Ariadne*, pelo que pude notar no quepe de um dos homens que poliam peças de metal. Falei com ele e obtive uma resposta no dialeto suave de Essex. Outro ajudante que apareceu me disse as horas em um sotaque irrefutavelmente inglês. Nosso barqueiro teve uma conversa com um deles sobre o tempo, e por alguns minutos permanecemos com os remos perto da proa, a estibordo.

Subtamente, os homens nos ignoraram e se inclinaram sobre suas tarefas quando um oficial subiu ao deque. Era um jovem agradável e bem-apessoado, e ele nos dirigiu uma pergunta, em um inglês impecável, sobre a nossa pesca. Mas não podia haver dúvidas quanto a ele. Seu cabelo cortado rente, o modelo do seu colarinho e a gravata jamais procediam da Inglaterra.

Aquilo me confortou um pouco, mas, enquanto remávamos de volta a Bradgate, minhas dúvidas obstinadas não puderam ser descartadas. O que me preocupou foi a reflexão de que meus inimigos sabiam que eu obtivera meu conhecimento de Scudder, e fora Scudder que me sugerira este lugar. Se eles sabiam que Scudder possuía essa pista, não mudariam os planos? Muita coisa dependia do seu sucesso para que corressem algum risco. A questão maior era quanto sabiam do conhecimento de Scudder. Na noite anterior, eu falara confiante sobre os alemães como se estivessem comprometidos com um plano, mas, se eles tivessem qualquer suspeita de que eu estava em seu encalço, seriam tolos se não o alterassem. Fiquei na dúvida se o homem da noite anterior percebera que eu o tinha reconhecido. De todo modo, achava que não, e nisso eu me apoiava. Mas a empreitada toda jamais fora tão difícil quanto naquela tarde, e, segundo todas as estimativas, eu deveria estar me regozijando por um êxito garantido.

No hotel conheci o comandante do destróier, a quem Scaife me apresentou e com quem troquei algumas palavras. Em seguida decidi que deveria dedicar uma hora ou duas a observar a Morada Trafalgar.

Achei um lugar um pouco acima na colina, no jardim de uma casa vazia. Dali eu tinha uma visão completa da área, na qual duas figuras se entretinham com uma partida de tênis. Uma delas era o senhor que já vira; a outra era um camarada mais jovem, trajando as cores de algum time no lenço ao redor da sua cintura. Eles jogavam com enorme prazer, como dois cavalheiros da cidade que desejavam que o exercício árduo dilatasse os seus poros. Não se podia conceber um espetáculo mais inocente. Eles gritavam, riam e paravam para beber algo, como quando uma criada veio trazer duas canecas de cerveja em uma bandeja. Esfreguei os olhos e me perguntei se não era o sujeito mais tolo do planeta. O mistério e a escuridão pairaram sobre os homens que me caçaram de carro e de aeroplano no páramo escocês, e em especial ao redor daquele antiquário infernal. Era fácil ligar aquela gente à adaga que espetara Scudder ao assoalho, e com os apavorantes complôs contra a paz mundial. Mas ali estavam dois cidadãos ingênuos realizando seu exercício inócuo, prestes a entrar para um jantar trivial, em que falariam sobre os preços do mercado, os últimos resultados do críquete e as fofocas da sua Surbiton natal. Estivera armando a rede para apanhar abutres e falcões, e veja só!, dois tordos gorduchos tropeçaram nela.

Logo apareceu uma terceira silhueta, um jovem de bicicleta com uma sacola de tacos de golfe pendurada nas costas. Ele caminhou pelo gramado da quadra de tênis e foi efusivamente saudado pelos jogadores. Era evidente que estavam zombando dele, e a galhofa pareceu terrivelmente inglesa. E então o homem mais rechonchudo, esfregando a testa com o lenço, anunciou que precisava tomar um banho. Pude ouvir as suas palavras: "Preciso me ensaboar a valer", disse. "Isso vai aliviar o meu peso e a minha desvantagem física, Bob. Irei com você amanhã e lhe darei uma surra". Não se poderia encontrar algo mais inglês que isso.

Eles todos entraram na casa e me deixaram ali, sentindo-me um perfeito idiota. Estivera latindo para a árvore errada, desta vez. Esses homens poderiam estar representando; mas, caso estivessem, onde estaria o seu público? Eles não sabiam que eu estava sentado atrás de um arbusto a trinta metros. Era simplesmente impossível crer que aqueles três sujeitos acalorados eram qualquer coisa além do que pareciam ser — três ingleses comuns, suburbanos e esportivos, fatigados, se preferir, mas sordidamente inocentes.

* * *

E, contudo, eram três; e um era velho, o outro, rechonchudo, e o terceiro, esguio e negro; e sua casa repicava nos apontamentos de Scudder; e a um quilômetro jazia um iate com ao menos um oficial alemão. Pensei em Karolides prostrado e morto, em toda a Europa tremendo na iminência de um terremoto, e nos homens que deixara para trás em Londres e que aguardavam ansiosamente pelos acontecimentos das próximas horas. Não havia dúvida de que coisas macabras estavam em andamento em algum lugar. A Pedra Negra vencera, e, se ela sobrevivesse a esta noite de junho, sua vitória se estenderia.

Parecia haver apenas uma coisa a fazer — prosseguir como se eu não tivesse dúvidas e, se fosse me fazer de tolo, fazê-lo graciosamente. Jamais na vida encarara uma tarefa com tamanha relutância. Preferia ter adentrado um nicho de anarquistas, todos com pistolas nas mãos, ou encarado, com uma arma de brinquedo, um leão dando o bote, a entrar naquela casa feliz com três ingleses animados e lhes dizer que o seu segredo fora descoberto. Como ririam de mim!

Mas de repente eu me lembrei de algo que ouvira certa vez na Rodésia, da boca do velho Peter Pienaar. Já citei Peter nesta narrativa. Ele era o melhor explorador que já conheci, e, antes de se tornar respeitável, estivera com bastante frequência no lado questionável da lei, quando fora muito procurado pelas autoridades. Peter discutira comigo uma vez a questão dos disfarces, e ele possuía uma teoria que me impressionou na época. Afirmara que, salvo dados absolutos como impressões digitais, os traços físicos eram de pouca valia para identificação se o fugitivo de fato conhecesse o seu ofício. Ele troçava de coisas como cabelos tingidos, barbas falsas e tais tolices infantis. A única coisa que importava era o que Peter chamara de "atmosfera".

Se um homem conseguisse penetrar em um meio inteiramente diferente daquele no qual ele fora observado a princípio e — esta é a parte importante — se ele de fato interagisse com esse meio e se comportasse como se jamais tivesse saído dali, ele enganaria os detetives mais espertos do planeta. E ele costumava contar uma história de como, certa feita, apanhou emprestado um sobretudo preto, foi para a igreja e compartilhou do mesmo hinário com o homem que o procurava. Se aquele homem o tivesse visto em boas companhias antes, ele o teria reconhecido; mas ele só o vira em uma taverna apagando as luzes com um revólver.

A lembrança das palavras de Peter brindou-me com o primeiro conforto real que tive naquele dia. Peter fora um camarada sábio, e esses sujeitos que eu procurava eram a nata da sabedoria. E se estivessem jogando o jogo de Peter? Um tolo tenta parecer diferente: um homem inteligente parece comum e é diferente.

Mais uma vez, fora aquela outra máxima de Peter que me ajudara quando passei por cantoneiro. "Se você está representando um papel, jamais conseguirá a não ser que se convença de que é outra pessoa." Isso explicaria a partida de tênis. Aqueles rapazes não precisavam representar, apenas giravam uma maçaneta e passavam para outra vida, que surgiria para eles tão naturalmente quanto a primeira. Isso soa como um lugar-comum, mas Peter costumava dizer que esse era o maior segredo de todos os bandidos notórios.

Aproximavam-se as oito horas, voltei e estive com Scaife para lhe passar instruções. Combinei com ele o modo como deveria distribuir os seus homens e em seguida saí para uma caminhada, pois não me sentia com apetite para jantar. Percorri o campo de golfe deserto e depois fui a um local dos promontórios mais ao norte, além da faixa de casas.

Sobre as pequenas estradas recém-abertas e em bom estado encontrei pessoas de roupas de flanela retornando do tênis e da praia, e um guarda da polícia marítima da estação de rádio, além de alguns bobos voltando para casa. Ao mar, sob o crepúsculo azul, vi luzes se acenderem no *Ariadne*, tal como no destróier mais ao sul, e, além das Cock Sands, as luzes maiores de barcos a vapor navegando para o Tâmisa.

O cenário todo era tão pacífico e comum que eu ficava mais desanimado a cada segundo. Foi preciso recobrar toda a minha resolução para que caminhasse até a Morada Trafalgar por volta das nove e meia.

No caminho, vi uma imagem reconfortante ao avistar um galgo inglês que se balançava aos calcanhares de uma babá. Ele me lembrou um cão que tivera uma vez na Rodésia, e do tempo em que o levava para caçar nos montes Pali. Estávamos à caça de antílopes naqueles prados, e me lembrei de como seguimos um deles e de como ele e eu o perdemos de vista. Um galgo caça com os olhos e os meus são bastante acurados, mas o antílope simplesmente se dissipara na paisagem. Depois descobri como ele conseguiu. Atrás de uma rocha cinzenta sobre os montes eu o encontrei, revelando apenas os chifres contra uma nuvem negra no céu. Ele não precisava correr; tudo o que precisava fazer era ficar parado e se dissolver na paisagem.

De repente, enquanto essas lembranças passavam pela minha cabeça, pensei no meu caso atual e apliquei a lição. A Pedra Negra não precisava fugir. Eles foram silenciosamente absorvidos na paisagem. Eu estava na pista certa, enfiei aquilo na cabeça e me prometi nunca esquecê-lo. A última palavra era a de Peter Pienaar.

Os homens de Scaife estavam a postos, mas não havia vivalma. A casa estava tão aberta quanto um mercado, para que qualquer um a observasse. Uma cerca de um metro a separava da estrada do penhasco; as janelas no piso térreo estavam todas abertas e luzes indiretas e o rumor baixo das vozes revelavam que os ocupantes estavam terminando de jantar. Tudo era tão público e às claras quanto um bazar beneficente. Sentindo-me o maior bobo do mundo, abri o portão e toquei a campainha.

* * *

Um homem do meu tipo, que rodou o mundo por lugares inóspitos, dá-se perfeitamente bem com duas classes distintas, aquelas que podem ser chamadas de alta e de baixa. Ele as compreende, e elas o compreendem. Eu estivera na casa de pastores, vabagundos e cantoneiros, e me sentia bastante à vontade com pessoas como Sir Walter e os homens que encontrara na noite anterior. Não sei explicar por quê, mas é fato. Mas o que um homem como eu não compreende é o mundo enorme, satisfeito e confortável da classe média, e as pessoas que moram em casas de campo e nos subúrbios. Ele não sabe como elas enxergam as coisas, ele não entende suas convenções, e ele fica tão tímido com elas quanto diante de uma mamba negra. Quando a bem-arrumada copeira abriu a porta, eu mal conseguia falar.

Perguntei por Mr. Appleton e fui convidado a entrar. Meu plano era caminhar diretamente até a sala de jantar, e por meio dessa aparição súbita despertar naqueles homens o sobressalto de reconhecimento que confirmaria a minha teoria. Mas, quando dei por mim naquele belo hall, o lugar me sobrepujou. Lá estavam os tacos de golfe e as raquetes de tênis, os casacos e os chapéus de palha, as séries de luvas, o feixe de bengalas que você encontrará em dez mil lares britânicos. Uma pilha de sobretudos e impermeáveis primorosamente dobrados cobria a tampa de um velho baú de carvalho; havia um relógio antigo com seu *tique-taque*; algumas panelas polidas de latão penduradas na parede, um barômetro e um pôster do jogo de Chiltern vencendo St. Leger. O lugar era tão ortodoxo quanto uma igreja anglicana. Quando a copeira perguntou o meu nome, eu o disse automaticamente, e fui levado ao escritório do lado direito da entrada.

Essa sala era ainda pior. Não tive tempo de examiná-la, mas podia ver aquelas fotos em grupo emolduradas sobre a cornija da lareira, e pude jurar que eram de escolas e faculdades públicas inglesas. Foi um único olhar de soslaio, pois consegui me recompor e seguir a copeira. Mas era tarde demais. Ela já adentrara a sala de jantar e informava o meu nome ao dono da casa, e eu perdera a chance de ver como os três reagiram a ele.

Quando entrei na sala, o velho homem da ponta da mesa já se levantara e estava vindo até mim para me receber. Estava trajado a rigor — um paletó curto e uma gravata preta, assim como o outro, que eu apelidara de rechonchudo. O terceiro, o negro, vestia um terno de sarja azul, um colarinho branco macio, além das cores de um clube ou de alguma escola.

Os modos do senhor mais velho eram perfeitos. "Mr. Hannay?", disse, hesitante. "Você deseja me ver? Um momento, rapazes, já volto. É melhor que passemos ao escritório."

Embora não sentisse um pingo de autoconfiança, forcei-me a jogar o jogo. Puxei uma cadeira e me sentei.

"Creio que já nos encontramos", falei, "e imagino que saiba do que se trata."

A luz da sala era tênue, mas pelo que eu podia ver em seus rostos, eles representavam muito bem o papel de desentendidos.

"Quem sabe, quem sabe", disse o velho senhor. "Não tenho uma memória muito boa, mas receio que precise me dizer o assunto, porque de fato não sei."

"Muito bem, então", respondi, e o tempo todo me sentia falando tolices. "Vim para dizer que o jogo acabou. Tenho um mandato de prisão para os três cavalheiros."

"Prisão", disse o velho, e pareceu muito chocado. "Prisão! Bom Deus, pelo quê?"

"Pelo assassinato de Franklin Scudder em Londres no dia vinte e três do mês passado."

"Nunca ouvi este nome antes", respondeu ele com uma voz estupidificada.

Um dos outros falou. "Foi o Assassinato de Portland Place. Eu li sobre ele. Bom Deus, você deve estar louco, senhor! De onde você é?"

"Scotland Yard", respondi.

Seguiu-se um minuto de completo silêncio. O velho encarava o seu prato, remexendo em uma noz, o próprio modelo de espanto inocente.

E então o rechonchudo falou. Ele gaguejou um pouco, como um homem escolhendo as palavras.

"Não fique desconcertado, tio", ele disse. "Tudo não passa de um engano ridículo, mas estas coisas às vezes acontecem, e podemos desmenti-las facilmente. Não será difícil provar nossa inocência. Posso mostrar que estava fora do país no dia vinte e três de maio, e Bob estava numa casa de repouso. Você estava em Londres, mas você pode explicar o que estava fazendo."

"Certo, Percy! É claro que é fácil. Dia vinte e três! Foi o dia seguinte ao casamento de Agatha. Deixe-me ver. O que eu estava fazendo? Cheguei de Woking pela manhã e almocei no clube com Charlie Symons. Depois... ah, sim, jantei com os Fishmongers. Eu me lembro, pois o ponche não me caiu bem e estava indisposto no dia seguinte. Espere, aqui está a caixa de charutos que trouxe daquele jantar." Apontou para um objeto sobre a mesa, e riu nervosamente.

"Penso, senhor", disse o jovem negro, dirigindo-se respeitosamente a mim, "que verá que está enganado. Queremos ajudar a Justiça, como todos os ingleses, e não desejamos que a Scotland Yard se faça de tola. Não é mesmo, titio?"

"Claro, Bob." O sujeito mais velho parecia recuperar a voz. "Claro, faremos tudo o que está ao nosso alcance para ajudar as autoridades. Mas... mas isso é um pouco demais. Não consigo entender."

"Como Nellie vai rir", comentou o rechonchudo. "Ela sempre disse que você morreria de tédio porque nada acontecia com você. E agora você tomou uma daquelas", e começou a gargalhar com bastante vontade.

"Por Júpiter, é mesmo. Pense nisso! Que história para contar lá no clube. De fato, Mr. Hannay, suponho que eu deveria ficar com raiva, para mostrar a minha inocência, mas é divertido demais! Quase o perdoo pelo susto que me deu! Você parecia tão taciturno que achei que eu pudesse sair por aí sonâmbulo matando pessoas."

Aquilo não podia ser uma representação, era muito atrapalhado e genuíno. Meu ânimo desabou até o chão, e meu primeiro impulso foi me desculpar e sair dali. Mas disse a mim mesmo que deveria ir até o fundo, mesmo que virasse motivo de chacota de toda a Grã-Bretanha. A luz dos candelabros sobre a mesa não estava muito clara, e para disfarçar a minha confusão eu me levantei, caminhei até a porta e acendi a luz elétrica. A claridade súbita fê-los piscar, e permaneci examinando o rosto dos três.

Bem, não cheguei a conclusão alguma. Um era velho e careca, o outro, atarracado, o outro, magro e negro. Nada havia em sua aparência que os impedisse de ser os três que me caçaram na Escócia, mas nada havia para identificá-los. Simplesmente não posso explicar por que eu, que como cantoneiro olhara para dois pares de olhos, e, como Ned Ainslie, para outro par, por que eu, que possuía boa memória e poderes razoáveis de observação, não podia me dar por satisfeito. Eles pareciam exatamente o que professavam ser, e eu não podia pôr a mão no fogo por nenhum deles.

Ali, naquela agradável sala de jantar, com gravuras nas paredes e o quadro de uma velha senhora com um avental sobre a lareira, não via nada que os ligasse aos criminosos do charco. Havia uma cigarreira de prata ao meu lado, e via que fora presenteada a Percival Appleton, Esq*., do Clube de St. Bede, em um torneio de golfe. Precisava me ater firmemente a Peter Pienaar para me impedir de sair correndo daquela casa.

"Bem", disse o velho com polidez. "Está mais tranquilo após nos entrevistar, senhor?"

Não sabia o que dizer.

"Espero que ache compatível com seu dever descartar este assunto ridículo. Não estou reclamando, mas pode ver quão irritante isso é para pessoas respeitáveis."

Balancei a cabeça em negativa.

"Oh, Deus", disse o jovem. "Isso está indo longe demais!"

"Você propõe que sejamos conduzidos até a delegacia?", perguntou o rechonchudo. "Talvez seja a melhor saída, mas suponho que não ficaria contente com a agência local. Tenho o direito de lhe pedir para ver o mandato, mas não desejo desacreditá-lo. Você está apenas cumprindo com seu dever. Mas precisa admitir que isso é terrivelmente embaraçoso. O que propõe?"

Não havia nada a fazer, exceto convocar os meus homens e mandar prendê-los, ou confessar o meu erro e sair dali. Sentia-me hipnotizado pelo lugar, pelo ar de inocência evidente — não de inocência apenas, mas de confusão franca, honesta, e de preocupação nos três rostos.

---

* *Esquire*, ou "Escudeiro": título honorífico de candidatos a cavaleiros, concedido exclusivamente a membros da pequena nobreza britânica. (N. T.)

"Oh, Peter Pienaar", resmunguei intimamente, e por um momento estava quase prestes a me julgar mesmo um tolo e pedir que me desculpassem.

"Enquanto isso, eu sugiro que joguemos uma partida de bridge", disse o rechonchudo. "Isso dará a Mr. Hannay tempo para pensar nestas coisas, e vocês sabem quanto estivemos à procura de um quarto jogador. Você joga, senhor?"

Aceitei como se fosse um convite casual em um clube. A cena toda me hipnotizara. Fomos para o escritório, onde uma mesa de jogo estava armada, e me ofertaram coisas para beber e fumar. Assumi o meu posto na mesa como em uma espécie de sonho. A janela estava aberta e a lua inundava os penhascos e o mar com uma enorme corrente de luz amarela. O luar também chegava à minha cabeça. Os três recuperaram a compostura e conversavam despreocupadamente — o tipo de conversa mole que se escuta em clubes de golfe. Eu devia parecer um sujeito esquisito, ali sentado e franzindo a testa com os olhos a vagar.

Meu parceiro era o jovem negro. Jogo bem o bridge, mas me saí mal naquela noite. Eles viram que eu estava intrigado, e isso os deixou ainda mais à vontade. Continuei perscrutando as suas expressões, mas elas nada me indicavam. Não é que parecessem diferentes, elas *eram* diferentes. Ative-me desesperadamente às palavras de Peter Pienaar.

* * *

E então, algo me despertou.

O velho pousou a mão para acender um charuto. Ele não o apanhou de imediato, mas se recostou um momento na cadeira, com os dedos tamborilando sobre os joelhos.

Esse era o movimento de que me lembrava quando permaneci diante dele na fazenda no páramo, com as pistolas dos seus criados atrás de mim.

Algo diminuto, que durou apenas um segundo, e as chances eram imensas de que eu estivesse com os olhos nas minhas cartas naquele instante, e não houvesse visto. Mas vi — num átimo, o ar parecia claro. Algumas sombras se dissiparam na minha cabeça e agora eu olhava para os três homens com total e absoluto reconhecimento.

O relógio sobre a cornija da lareira tocou dez horas.

Os três rostos pareceram se alterar perante os meus olhos e revelar seus segredos. O jovem era o assassino. Agora eu via crueza e impiedade, onde antes vira apenas bom humor. Sua faca, eu tinha certeza, prendera Scudder ao chão. Sua gentileza pusera uma bala em Karolides.

Os traços do rechonchudo pareceram se esfumar, e novamente ganhar forma à medida que olhava para eles. Ele não tinha um rosto, apenas uma centena de máscaras de que podia dispor quando lhe aprouvesse. Aquele camarada poderia ter sido um excelente ator. Talvez tivesse se passado por lorde Alloa na noite anterior, talvez não, não importava. Fiquei a imaginar se se tratava daquele que primeiro rastreou Scudder e deixou um cartão na sua caixa de correio. Scudder dissera que era o homem que sibilava, e eu podia imaginar como o acréscimo de sibilos poderia horrorizar alguém.

Mas o velho era o pior de todos. Era cérebro puro: frio, impávido, engenhoso, tão implacável quanto um martelo-pilão. Agora que meus olhos estavam abertos eu me espantava de como pudera ver nele alguma benevolência. Sua mandíbula era gélida como aço, e seus olhos possuíam a luminosidade inumana dos de uma ave. Prossegui no jogo, e a cada segundo um ódio mais forte preenchia o meu peito. Aquilo quase me sufocou, e não consegui responder quan-

144

do meu parceiro falou. Não suportaria a presença deles por muito mais tempo.

"Puxa! Bob! Veja que horas são", disse o velho. "Já é hora de pensar em apanhar o seu trem. Bob precisa descer para a cidade hoje à noite", acrescentou, voltando-se para mim. A voz soava agora diabolicamente falsa.

Olhei para o relógio, e eram quase dez e meia.

"Sinto que ele precise desistir da sua viagem", eu disse.

"Droga", disse o jovem. "Achei que tivesse desistido daquela bobagem. Eu simplesmente preciso partir. Pode ficar com o meu endereço, e lhe darei todas as garantias que desejar."

"Não", respondi, "você vai ficar."

Com isso creio que eles devem ter percebido que o momento se tornava crítico. A única chance que tinham era me convencerem de que eu estava bancando o bobo, e aquilo havia falhado. Mas o velho falou mais uma vez.

"Serei o fiador do meu sobrinho. Isso deverá contentá-lo, Mr. Hannay." Estava imaginando, ou detectara uma indecisão na maciez daquela voz?

Deve ter de fato ocorrido, pois, quando olhei para ele, suas pálpebras se fecharam como as daquele falcão, cujo medo fixara em minha memória.

Assoprei o meu apito.

Em um segundo as luzes se apagaram. Um par de braços fortes me agarrou pela cintura, cobrindo os bolsos nos quais se poderia esperar encontrar uma pistola.

"*Schnell, Franz*", exclamou uma voz, "*das Boot, das Boot!*".* Enquanto ele falava, vi dois dos meus amigos emergindo do gramado enluarado.

---

*   *Das Boot*: alemão para "o barco". (N. T.)

O jovem negro correu até a janela, saltou-a e pulou o cercado baixo antes que uma mão pudesse apanhá-lo. Atraquei-me com o velho, e a sala parecia cheia de sombras. Vi o rechonchudo imobilizado, mas meus olhos estavam totalmente voltados para o exterior da casa, onde Franz corria pela estrada em direção à entrada gradeada que conduzia às escadas que chegavam até a praia. Um homem o seguiu, mas ele não tinha chance. O portão das escadas foi trancado após a passagem do fugitivo, e permaneci olhando, com as mãos no pescoço do velho, pelo tempo que um homem pode levar para descer aqueles degraus até o mar.

De repente o meu prisioneiro se desvencilhou e atirou-se contra a parede. Ouvi um clique, como se uma alavanca fosse empurrada. Em seguida um ronco baixo e distante, muito abaixo do solo, e pela janela vi uma nuvem de poeira calcária brotando da fresta da escada.

Alguém acendeu a luz.

O velho me encarava com os olhos em chamas.

"Ele está a salvo", ele gritava. "Você não poderá alcançá-lo... Ele se foi... Ele triunfou... *Der Schwarzestein ist in der Siegeskrone.*"*

Havia mais naqueles olhos que um triunfo qualquer. Eles estiveram ocultos como os de uma ave de rapina e agora ardiam com o orgulho de um falcão. Um ardor branco e fanático os inflamava, e percebi pela primeira vez a coisa terrível contra a qual combatera. Aquele homem era mais que um espião; a seu modo tresloucado, ele era um patriota.

Quando as algemas foram fechadas em seus punhos, eu lhe dirigi minhas últimas palavras.

---

* *Der Schwarzestein ist in der Siegeskrone*: "A Pedra Negra está com os louros da vitória." (N. T.)

"Espero que Franz consiga suportar seu triunfo. Preciso dizer a você que já faz uma hora que o *Ariadne* está em nossas mãos."

* * *

Três semanas depois, como o mundo todo sabe, entramos em guerra. Alistei-me no Exército na primeira semana e, graças à minha experiência em Matabele, recebi diretamente o posto de capitão. Mas eu fizera o meu melhor serviço, penso eu, antes de ter vestido o uniforme.

SOBRE O AUTOR E O TRADUTOR

John Buchan nasceu em Perth, Escócia, no dia 26 de agosto de 1875. Político, ensaísta e romancista, formou-se em filologia clássica pela Universidade de Glasgow e pelo Brasenose College, em Oxford. Após breve atuação como advogado, tornou-se sucessivamente alto-comissário para a África do Sul, governador da colônia do Cabo e administrador da colônia do Transvaal e do estado de Orange. Retornando a Londres em 1903, casa-se em 1907 com Susan Charlotte Grosvenor, com quem tem quatro filhos. Em 1910 publica *Prester John*, romance ambientado na África do Sul, primeira de várias narrativas de aventura. A mais famosa delas, *Os trinta e nove degraus*, sai em 1915 e é adaptada para o cinema por Alfred Hitchkock em 1935. Nomeado pela coroa britânica como barão de Tweedsmuir, foi governador-geral do Canadá, cargo que ocupou de 1935 a 1940, quando morreu, no dia 11 de fevereiro, deixando 102 livros publicados.

Tiago Novaes Lima nasceu em Avaré (SP), em 1979. Em 2002 graduou-se em psicologia pela Universidade de São Paulo, pela qual é mestre na mesma área. Escritor, publicou a coletânea de contos *Subitamente — Agora* (7Letras, 2004), o romance *Estado vegetativo* (Callis, 2007), que recebeu a

Bolsa de Incentivo à Criação Literária/PROAC da Secretaria Estadual da Cultura de São Paulo, e participou da antologia *15 cuentos brasileiros* (Comunicarte, 2007). É organizador do volume *Tertúlia — Encontros da literatura* (SESCSP, 2010). Tradutor, verteu para o português *O efeito Lúcifer*, de Philip Zimbardo (Record, 2008); *O livro da ignorância animal*, de John Mithinson (Record, 2008); *Cleópatra e Antônio*, de Diana Preston (Record, 2009); o prefácio de David Lodge ao romance *O nome da rosa*, de Umberto Eco (Record, 2009); *O mascote*, de Mark Kurzem (Record, 2009); e *Vivalma*, de G. K. Chesterton (Portal, 2010).